徳　間　文　庫

新まろほし銀次捕物帳

鬼の隠《かく》れ簑《みの》

鳥羽　亮

徳　間　書　店

目次

第一章　人攫《ひとさら》い

一

初夏を思わせるような暖かな微風がふいていた。

陽《ひ》は西の空にあったが雲間に入ったせいか、樹陰や通り沿いの家の軒下などには淡い夕闇が忍び寄っていた。

「お春《はる》、すこし急ぎましょうか」

おとせが、娘のお春に声をかけ、すこし足を速《はや》めた。

「はい」

お春も足を速めた。ふたりの供をしてきた下働きの元吉《もときち》が、慌《あわ》てた様子でおとせの後についてきた。

三人が歩いているのは、下谷《したや》の廣徳寺《こうとくじ》前だった。上野の寛永寺の東の山裾《やますそ》にある車坂門の辺りから、浅草に通じている道である。

日中は人通りの多い通りだが、いまは夕暮れ時でもあり、人影はすくなかった。仕事帰りの職人や供連れの武士などが、通りかかるだけである。

おとせたち三人は、浅草の浅草寺にお参りにいった帰りだった。お春は八歳。花柄の着物に赤い帯、芥子坊《けしぼう》を銀杏髷《いちょうまげ》にし、前髪を結《ゆ》っている。娘というより、まだ子供である。

おとせは老舗《しにせ》の料理屋、松島屋《まつしまや》の女将《おかみ》だった。松島屋は上野北大門町にあった。賑やかな下谷広小路から路地に入ってすぐのところにある。

おとせたち三人は、廣徳寺門前を通り過ぎ、武家地に入った。通り沿いには、御家人や小身の旗本の武家屋敷などがつづいている。

三人が、板塀で囲われた御家人の屋敷の前を通り過ぎようとしたときだった。

ふいに、人影が通りに飛び出してきた。

ふたりだった。町人体《てい》で、手ぬぐいを頰《ほ》っかむりしていた。ふたりは、おとせたち三人の前に立ちふさがった。

屋敷の板塀沿いに細い路地があった。ふたりは、そこから出てきたのだ。

「ど、どなたです」

おとせが、声をつまらせて訊《き》いた。顔が蒼《あお》ざめ、体が顫《ふる》えている。

お春は不安そうな顔をして、おとせの後ろに身を寄せた。

「その娘に、ちょいと用があってな」

面長《おもなが》で顎《あご》のとがった男が、薄笑いを浮かべて言った。この男が兄貴格であろうか。もうひとりの赤ら顔の男は、ニヤニヤして立っている。

おとせたちの後ろにいた元吉が、顫えながらもおとせの脇まで出てくると、

「急いでるんだ、道をあけてくれ」

と、声を震わせて言った。

「おめえ、運が悪かったな。こんなところで、死ぬとはな」

面長の男が、元吉を見据《みす》えて言った。顔の薄笑いが消えている。

「な、なに！」

元吉が息を呑《の》んだ。

そのとき、板塀沿いの路地から新たな人影があらわれた。総髪で、大刀を一本だけ落とし差しにしていた。牢人《ろうにん》らしい。浅黒い顔で、頤《おとがい》がはっていた。細い目が、青白くひかっている。

「だ、だれです」

おとせが、声を震わせて訊いた。

「だれでもいい」

牢人がくぐもった声で言った。

「こ、ここを通してくれ」

元吉が顫《ふる》えながら二、三歩前に出た。

「通すわけには、いかないな」

牢人が刀の柄《つか》に右手を添えた。すると、赤ら顔の男が素早い動きで、おとせたち三人の後ろにまわり込んだ。

牢人は刀を抜くと、右手で柄を握り、ダラリと刀身を下げ、

「逃げろ」

と、元吉にむかって小声で言った。

元吉は戸惑《とまど》うような顔をし、つっ立ったまま身を顫わせている。

「斬るぞ」

牢人が八相《はっそう》に構えた。

すると、元吉が顔をひき攣《つ》らせ、ヒイイッ、と喉《のど》を裂《さ》くような悲鳴を上げ、牢人の脇を通って逃げようとした。

一瞬、牢人は元吉に身を寄せざま、刀を八相から袈裟《けさ》に払った。素早い太刀捌《たちさば》きである。

牢人の切っ先が、逃げていた元吉の首筋をとらえた。

次の瞬間、血が赤い筋になって飛んだ。袈裟に払った切っ先が、元吉の首の血管《ちくだ》を斬ったらしい。元吉は、血を撒《ま》きながらよろめいたが、足がとまると、腰からくずれるように転倒した。

俯《うつぶ》せに倒れた元吉は、四肢を痙攣《けいれん》させていたが、悲鳴も呻《うめ》き声も上げなかった。首から流れ出た血が、地面を真っ赤に染めていく。

元吉が斬られるところを見ていたおとせが、

「た、助けて……！」

と、紙のように白い顔で言った。

おとせの背後にいたお春は母親に身を寄せ、目を剝《む》いて身を顫わせている。恐怖で、声も出ないようだ。

「女は斬らぬ」

牢人はそう言って刀を振って血を切ると、おとせに目をやり、

「帰れ」

と、声をかけて刀身を下げた。

おとせは、恐怖に顔をゆがめ、

「お春、ついてきて！」

と、背後を振り返って声をかけた。お春もいっしょに連れていこうとしたらしい。

ところが、面長の男が、

「この娘は、帰《けえ》すわけにはいかねえ」

そう言って、お春の腕をつかんだ。

お春は、「おっかさん！」と悲鳴のような声を上げ、面長の男の腕から逃れようと身を捩《よじ》った。

おとせは、牢人に縋《すが》るような目をむけ、

「む、娘を放して！」

と、声を震わせて言った。

「いずれ、娘も帰してやる」

牢人は、ふたりの男に「娘をつれていけ」と声をかけた。

すると、面長の男がお春の腕を摑《つか》み、強引に武家屋敷の板塀沿いの細い路地に連れ込んだ。姿が見えなくなっても、「おっかさん！　助けて！」と叫ぶお春の声が聞こえた。

もうひとりの赤ら顔の男が、

「娘は、殺しゃァしねえよ」

と、言い置き、赤ら顔の男の後につづいて板塀沿いの道に走り込んだ。

牢人は、お春とふたりの男がその場にいなくなると、

「娘が可愛かったら、町方《まちかた》に話すな。町方に話せば、娘の命はないぞ」

そう言い置き、刀を鞘《さや》に納めて路地に足をむけた。

ひとりになったおとせはふらふらと車坂門の方へ歩き、御成《おなり》街道に出ると、松

島屋のある上野北大門町の方へ足をむけた。

二

銀次《ぎんじ》が二階の寝間で小袖《こそで》に着替えていると、階段を上がってくる足音がし、

「おまえさん、起きてるの」

と、おきみの声がした。

銀次がいるのは、嘉乃屋《よしのや》の二階だった。嘉乃屋は小料理屋である。下谷、池之《いけの》端仲町《はたなかちょう》の不忍池《しのばずのいけ》沿いにある。

おきみは銀次の女房であり、嘉乃屋の女将《おかみ》でもあった。まだ、ふたりに子はなく、夫婦ふたりで嘉乃屋に住んでいた。

嘉乃屋は銀次の母親のおそでがやっていた店だが、銀次がおきみを嫁にもらった後、おそでが亡くなったため、おきみが女将として嘉乃屋を切り盛りするようになったのだ。

銀次とおきみがいっしょになって二年ほど経《た》つが、おきみに子供がいないせい

もあって新妻らしい初々《ういうい》しさが残っている。

銀次は、おきみと幼馴染《おさなな》み《じ》だった。おきみは池之端仲町の隣町の茅町《かやちょう》にあった八百屋の娘で、子供のころはいっしょに遊んだ仲である。その後、ふたりは恋仲になり、いっしょになったのだ。

「起きてるぞ」

銀次は帯を結びながら言った。

おきみが障子をあけ、

「松吉《まつきち》さんが、来てますよ」

と、声をかけた。

銀次は岡っ引きだった。松吉は銀次の使っている下っ引きである。銀次の父親の源七《げんしち》が岡っ引きだったため、源七が亡くなった後、銀次が跡を継いで十手《じって》をあずかるようになったのだ。まだ、岡っ引きになって間もないこともあり、銀次は捕物に夢中だった。

「何かあったのかな」

銀次が訊いた。

「松吉さん、慌《あわ》ててるみたい」

おきみが言った。

「行ってみよう」

銀次はおきみにつづいて、階段を下りた。

松吉は小上がりの前の土間に立っていたが、銀次の顔を見るなり、

「親分、殺しですぜ！」

と、声を上げた。

「場所はどこだい」

すぐに、銀次が訊いた。

「廣徳寺の近くでさァ」

松吉が、「辰造《たつぞう》親分も、行ったようですぜ」と声高《こわだか》に言い添えた。辰造は、神田花房町に住む岡っ引きである。

松吉の家は、神田金沢町にあった。家業は団扇《うちわ》作りで、捕物がないときは家業を手伝っている。

「すぐ行く」

銀次は、このまま殺しの現場にむかうつもりだった。

「おまえさん、朝めしは」

おきみが、慌てて訊いた。

「帰ってきてからだ」

朝めしを食っている間《ま》はなかった。銀次の住む池之端仲町から廣徳寺は遠くない。現場の様子を見て、嘉乃屋にもどってめしを食うこともできるだろう。

「おまえさん、待って」

おきみはそう言い残し、急いで奥の座敷にある神棚から火打石と火打金《ひうちがね》を持ってもどると、銀次と松吉の襟元《えりもと》で切り火を打った。

「帰ったら、朝めしが食べられるようにしておくからね」

そう言って、おきみは銀次と松吉を送りだした。

「親分、与三郎《よさぶろう》の兄いは」

松吉が、不忍池沿いの道を下谷広小路の方へ向かって歩きながら訊いた。

与三郎はふだん嘉乃屋の板場を手伝っているが、銀次の下っ引きでもあった。

与三郎は銀次の父親の源七に使われていたが、父親の死後、銀次の手先になったのである。ただ、銀次と松吉のふたりだけでは手を焼くような大きな事件のときだけ、与三郎もくわわるのだ。

「まだ、店には来てねえ。……様子を見て、与三郎にも手伝ってもらうことになるかもしれねえな」

そう言って、銀次は足を速《はや》めた。

銀次と松吉は下谷広小路に出ると、御成街道を北にむかった。そして、山下と呼ばれる繁華な地を経て、寛永寺につづく車坂門の手前の道に入った。その道は浅草まで通じていて、廣徳寺の門前を通っている。

ふたりがいっとき東にむかって歩き、車坂町を過ぎると、前方に廣徳寺の堂塔が見えてきた。

「親分、あそこですぜ」

松吉が前方を指差して言った。

廣徳寺の手前の通り沿いに、人だかりができていた。通りすがりの野次馬が多いようだが、岡っ引きや下っ引き、それに八丁堀同心の姿もあった。八丁堀同心は小袖を着流し、羽織の裾を帯に挟む巻羽織《まきばおり》と呼ばれる独特の格好をしているので、すぐにそれと知れるのだ。

「島崎《しまざき》の旦那ですぜ」

松吉が足を速《はや》めながら言った。

島崎綾之助《あやのすけ》は、北町奉行所の定廻《じょうまわ》り同心で銀次に手札を渡している男だった。歳《とし》は四十代半ば、銀次の父親の源七にも手札を渡していたので、父子二代にわたって島崎に仕えることになる。

銀次は人だかりに近付くと、まず島崎のそばに行き、

「遅くなりやした」

と言って、島崎に頭を下げた。

「銀次、まず死骸《おろく》を拝んでみろ」

島崎が、足元に目をやって言った。島崎は検屍をしていたようだ。

島崎はのっぺりした顔で細い目をしていた。いつも物憂《ものう》そうな顔をしていて、表情もめったに動かさない。

「へい、死骸《ほとけ》を拝ませていただきやす」

そう言って、銀次は俯《うつぶ》せに横たわっている男のそばに屈《かが》み込んだ。首からの出

血らしく、男の首のまわりがどす黒い血に染まっていた。

「首を斬られている」

島崎が小声で言った。

銀次が死体の脇から覗《のぞ》くと、赭黒《あかぐろ》くひらいた傷口から頸骨《けいこつ》がかすかに見えた。深い傷である。

「刀で斬られた傷だ」

島崎が言った。

「下手人は、二本差しですかい」

「そうみていいな」

島崎はそう言った後、

「おれも、来たばかりでな。死骸が何者か分かってないのだ。銀次、近所で聞き込んでみろ」

と、指示した。

「へい」

と応え、銀次は松吉を連れて島崎のそばから離れた。

三

まず、銀次は、集まっている野次馬のなかから近所の住人らしい者をつかまえて話を訊いてみることにした。松吉は銀次についてきた。

銀次が四十がらみと思われる町人に訊くと、

「殺されてるのは、広小路近くにある料理屋の奉公人ですぜ」

と、町人が口にした。

「店の名は分かるか」

下谷広小路界隈《かいわい》は、料理屋や料理茶屋などが多く、料理屋と分かっただけではつきとめるのがむずかしい。

「松島屋でさァ」

「松島屋か」

銀次は、松島屋は知っていた。広小路界隈では名の知れた老舗で、繁盛している大きな店だった。

「殺されている男は、あるじではないな」

銀次が訊いた。殺されている男の身装《みなり》がみすぼらしく、松島屋のあるじには見えなかったのだ。

「下働きのようでさァ」

男によると、半刻《はんとき》（一時間）ほど前、松島屋の奉公人が何人かきて、死体を引き取る相談をしていたが、いったん店にもどったらしいという。

「手間を取らせたな」

そう言って、銀次が男から離れた。

そのとき、集まっている野次馬たちのなかから、「松島屋から来たようだ」「駕《か》籠《ご》を連れてきたぞ」などという声が聞こえた。

見ると、松島屋から駆け付けたらしい若い衆ふたりと年配の男が、ふたりの駕籠舁《か》きに駕籠を担がせて足早にこちらにむかってくる。年配の男は、松島屋のあるじではなかった。銀次は、松島屋のあるじを見たことがあったので、分かったのだ。帳場を任せられている者かもしれない。

「峰助《みねすけ》親分も、いっしょですぜ」

松吉が、銀次に身を寄せて言った。

駕籠の後から、岡っ引きの峰助がやってくる。おそらく、峰助も松島屋の奉公人が、殺されていると聞いて駆け付けたのだろう。

峰助は、神田相生町《あいおいちょう》界隈《かいわい》を縄張りにしていた。松島屋のある下谷広小路とそれほど遠くないので、噂を耳にしたらしい。

峰助は銀次に近付くと、

「銀次、早《はえ》えな」

と、声をかけた。だいぶ急いで来たらしく、顔が紅潮していた。

「あっしも、来たばかりでさァ」

「殺《や》られたのは、松島屋の下働きの元吉らしい」

峰助が言った。

「元吉という名ですかい」

「そうらしい。おれも、死骸《ほとけ》を拝んでくるぜ」

峰助は、辻駕籠の後を追うように足を速めた。

銀次と松吉も、峰助の後につづいて元吉という男が殺されている場にもどった。

松島屋から駆け付けた男たちのまとめ役であろうか。年配の男が益蔵《ますぞう》と名乗ってから、島崎に松島屋の帳場を任せられていることを話し、

「殺されたのは、松島屋に仕える下働きの元吉でございます」

と、困惑したような顔をして言った。

「元吉を引き取りにきたのかい」

島崎が伝法《でんぽう》な物言いで訊いた。

町奉行所の定廻りや臨時廻りの同心は、事件の探索のおりに無宿者、兇状《きょうじょう》持ちなどの無頼漢と接する機会が多く、町人と話すときは物言いが乱暴になるのだ。

「はい、このまま元吉を通りに放っておくわけにはいきませんので、引き取らせていただきたいのですが」

と、益蔵が困惑したような顔をして言った。

「引き取ってもかまわねえが、その前に、訊きてえことがある」

島崎が益蔵を見すえて言った。

「どのようなことでしょうか」

「元吉が殺されたのは、昨夕とみている。元吉が、店を出たのは何時ごろだい」

「そ、それが、元吉がここを通りかかったのは、店の女将さんとお嬢さんのお供で、浅草寺にお参りに行った帰りのようでして……」

益蔵の顔がこわばっている。

「すると、元吉が殺されたとき、松島屋の女将と娘もいっしょだったのかい」

島崎の声に、鋭さがくわわった。

「そ、それが、女将さんの話では、賑やかな広小路まで来て、元吉に帰ってもいいと話したそうです」

益蔵が声をつまらせて言った。顔が蒼ざめている。

「すると、元吉は広小路から帰る途中で、殺《や》られたってわけかい」

島崎が訊いた。

「は、はい」

「元吉の家は、どこにあるんだ」

「下谷の車坂町でございます」

すぐに、益蔵が言った。下谷車坂町は、廣徳寺の門前の通りを寛永寺の方へむかう道沿いにある。

「家族はいるのか」

島崎が矢継ぎ早に訊いた。

「歳をとった連れ合いとふたりで暮しております。それで、亡骸《なきがら》を引き取るのは無理かと思いまして、手前どもの手で、家まで運んでやるつもりで駕籠を連れてまいりました」

益蔵が、揉《も》み手《で》をしながら言った。声がいくぶん平静にもどっている。

「引き取ってもかまわねえぜ」

島崎が言った。

「それでは、元吉を引き取らせていただきます」

益蔵は島崎に頭を下げてから、背後にいた若い衆ふたりに元吉の死体を駕籠にのせるよう指示した。

島崎はその場から身を引いて、集まっている野次馬たちから離れると、銀次をそばに呼び、

「念のため、駕籠を尾《つ》けて行き先を確かめろ」

と、指示した。

「承知しやした」

銀次は島崎から離れると、人だかりに足をむけた。

四

銀次が松吉を連れて殺された元吉のそばにもどると、駕籠に運び込まれようとしている死体に目をやっている大柄な武士の姿があった。

「向井《むかい》の旦那ですぜ」

松吉が銀次に身を寄せて言った。

武士は、向井藤三郎《とうざぶろう》だった。銀次は向井と知り合いだった。懇意にしているといってもいい。

向井は三十代半ば、赤ら顔で無精髭《ぶしょうひげ》が伸びていた。鍾馗《しょうき》を思わせるような厳《いか》つい顔をしている。ただ、丸い目に何となく愛嬌《あいきょう》があり、武張《ぶば》った感じはしなかった。

「向井の旦那」

銀次が声をかけた。

「おお、銀次か」

向井は立ち上がり、銀次のそばに来た。

「旦那、ちょいと離れやしょう」

銀次は向井を人だかりから引き離した。向井はいつも声高《こわだか》に話すので、銀次たちの会話が集まっている野次馬たちの耳に入るとみたのである。

「銀次、殺された男の首の傷を見たか」

いきなり、向井が訊いた。

「見やした」

「見事な斬り口だぞ」

向井が顔をひきしめて言った。

向井は、神道無念流の遣《つか》い手だった。下谷上野大門町に剣術道場をひらいている。道場主とはいえ、門弟はわずかで、食っていくのも大変である。その上、妻女はなく独《ひと》り暮しだった。それで、ときどき嘉乃屋に来て、ただめしを食っているのだ。

銀次と向井には、師弟関係というほどではないが銀次の父親の源七のころから特別なつながりがあった。

銀次はまろほしと呼ばれる特殊な武器の遣い手であった。まろほしは、一角《いっかく》流《りゅう》と呼ばれる十手術で遣われるようになったものである。

握り柄の先に短い槍穂《やりほ》がつき、金具をひらいて目釘《めくぎ》でとめると、十文字形の刀受けになる。十手のように敵の刀を受けることに加え、槍穂で敵を仕留めることもできるのだ。

一角流は、宮本武蔵に敗れた夢想権之助《むそうごんのすけ》がひらいたもので、神道夢想流の流れをくむ一派だった。十手術や捕縛術なども指南していたといわれている。

銀次は、父親の源七からまろほしの指南を受けた。源七は神道夢想流を修行した筑前、黒田家の江戸詰の藩士から、まろほしの遣い方を習ったのである。

源七が、まろほしの遣い方を銀次に指南した胸の内には、いずれ岡っ引きを銀次に継がせるとともに、まろほしの遣い方も銀次に教えておきたい強い思いがあったからだ。そのまろほしの稽古《けいこ》のおりに、向井道場を使わせてもらったのである。

銀次と向井のつながりは、道場を使わせてもらっただけではなかった。どういうわけか、向井は捕物好きで、大きな事件があると、道場の稽古を休んでも事件現場に顔を出す。それで、銀次は向井とともに事件の探索にあたることがあったのだ。

「下手人は、まちがいなく武士だ。それも遣い手とみていい」

向井が顔を厳しくして言った。

「傷口に見覚えがありやすか」

銀次が訊いた。向井は傷口を見て、相手の腕のほどをみる目を持っていた。それに、特異な傷であれば、その下手人の刀法も見抜くことができる。

「ある」

向井が低い声で言った。

「相手が、何者か分かりますか」

銀次が身を乗り出して訊いた。

「何者かは分からぬが、一月《ひとつき》ほど前、和泉橋《いずみばし》近くで見た傷と同じだ」

和泉橋は、神田川にかかっている。

「呉服屋の丁稚《でっち》が殺された件ですかい」

銀次は、和泉橋のたもと近くで丁稚が殺されたことを耳にしていた。そのときは、銀次の住む池之端仲町から遠く離れていたこともあって、現場に行かなかったのだ。

「そうだ」

「たしか、呉服屋の娘が攫《さら》われたとか」

銀次は神田鍛冶町《かじちょう》にある呉服屋、富永屋《とみながや》の七つになる娘と母親が、御供に丁稚を連れて浅草寺にお参りにいった帰りに何者かに襲われ、娘が攫われたと聞いていた。その際、丁稚が殺されたという。

「おれは、たまたま和泉橋近くを通りかかってな、殺された丁稚の傷を見たのだ」

向井が言った。

「やはり、首を斬られてたんですかい」

銀次が訊いた。

「そうだ。ここで殺された男と同じ傷だった」

「すると、下手人は同じ……」

元吉が殺された件と、富永屋の丁稚が殺され娘が攫われた件とつながりがある、と銀次は確信した。

そのとき、銀次は峰助が富永屋の件を探っていたことを思い出した。峰助は、丁稚が殺され娘が攫われた事件現場である神田佐久間町界隈を縄張りにしていたのだ。

銀次が辺りに目をやると、峰助は駕籠のそばにいた。すでに、殺された元吉は駕籠に運びこまれている。

「おっと、あの駕籠の行き先をつきとめねえと」

銀次は、島崎に駕籠を尾けて行き先をつきとめるよう指示されていたことを思い出した。

「おれもいっしょに行こう」

そう言って、向井が銀次の後につづいた。

銀次たち三人は、駕籠から半町ほど離れてついていった。

元吉の死体をのせた駕籠は、廣徳寺の門前を通り過ぎ、下谷車坂町まで来ると、右手の路地に入った。

そこは狭い路地で、店はすくなく仕舞屋《しもたや》や借家ふうの家が目についた。下谷車坂町界隈は寺院が多いので、寺男の住む家が多いのかもしれない。

五

元吉の死体をのせた駕籠は、小体な仕舞屋の前でとまった。元吉の家らしい。古い家で、庇《ひさし》が朽ちて垂れ下がっていた。

家の表戸はしまり、ひっそりとしていた。駕籠を先導してきた益蔵が、家の表戸をたたき、「おくらさん、おくらさん」と声をかけた。家にいる元吉の女房は、おくらという名らしい。

銀次たちは路地沿いにあった別の仕舞屋の脇に身を隠し、元吉の家の戸口に目をやっていた。

家の戸口の板戸があいて、老齢の女が顔を出した。すこし腰がまがっている。元吉の連れ合いのおくららしい。

益蔵は戸口に顔を出した老女と何やら話していたが、ふいに老女が呻《うめ》くような声を上げ、腰からくずれるようにその場に屈み込んだ。どうやら、元吉が殺されたことを、益蔵が話したらしい。益蔵といっしょに来た若い衆が、老女の腕を取って立ち上がらせると、家のなかに連れ込んだ。

家に入っても、老女の喚《わめ》き声としゃくりあげる声が聞こえてきた。それでも、しばらくすると、老女の泣き声は聞こえなくなった。益蔵が老女を落ち着かせるように何やら話したのであろう。

それから、若い衆たちが、駕籠舁きの手も借りて元吉の死体を家のなかに運び込んだ。

「ここで見ていても、仕方がないな」

銀次がつぶやくような声で言った。

「おれは、朝めしがまだなのだ。近くの一膳めし屋で腹拵《はらごしら》えをするつもりだが、銀次はどうする」

向井が銀次に訊いた。

「向井の旦那、あっしも朝めしはまだなんで」

「それなら、いっしょに食おう」

「おきみが、朝めしの支度《したく》をして待ってるはずなんでさァ。旦那もいっしょに嘉乃屋に来てくだせえ」

銀次が身を乗り出して言った。

「いいのか、おれがいっしょでも」

「おきみも、喜んでくれるはずでさァ」

「それじゃァ、ご馳走《ちそう》になるかな」

向井が目尻を下げて言った。

銀次、向井、松吉の三人は来た道を引き返し、池之端仲町にある嘉乃屋にもどった。店先の暖簾《のれん》が出ていたが、客の姿はなかった。

店の戸口まで迎えに出たおきみが、

「あら、向井さまもごいっしょですか」

と、笑みを浮かべて言った。おきみは、銀次がこれまで何度も向井と事件の探索にあたり、向井の剣の腕で助けられたことを知っていた。それに、おきみは気立てのいい向井に好感を持っていたのだ。

「現場で、いっしょになってな。おきみ、向井の旦那も、朝めしはまだだそうだ。

ふたり分用意してくれないか」

銀次が二人分だけ頼んだのは、松吉は朝めしを済ませていたことを聞いていたからだ。

「はい、はい、すぐ支度しますよ。与三郎さんもみえてますから」

そう言い残し、おきみは板場にもどった。

いっときすると、おきみと与三郎が、ふたり分の食膳を持って板場から姿を見せた。

ふたりは、小上がりにいる銀次と向井の膝先《ひざさき》に食膳を置くと、

「親分、廣徳寺の近くで、殺しがあったそうで」

と、与三郎が訊いた。

与三郎は、三十代半ばだった。銀次のことを親分と呼び、これまで何度も銀次とともに事件の探索にあたってきた。

「それが、奥の深い事件でな、一筋縄じゃァいかねえようだ。松島屋の下働きの元吉が殺されたのだがな。どうも、鍛冶町の呉服屋の丁稚が殺された件と、つながっているらしいのだ」

銀次が箸《はし》を手にしたまま言った。

「そうですかい」

与三郎が驚いたような顔をした。

「おれは、殺されたふたりの傷を見ているのだがな。ふたりとも、同じように首を斬られていた。同じ下手人の手にかかったとみてまちがいない」

向井が口を挟んだ。

「刀傷ですかい」

「そうだ」

「すると、下手人は二本差し……」

「まちがいない。あの傷は、刀によるものだ」

そう言って、向井は茶碗のめしを箸でかっこんだ。

「辻斬りかな」

与三郎がつぶやいた。

「ちがうな。辻斬りでも、物取りでもない」

銀次が、殺されたふたりは、下働きの男と丁稚であることを話し、

「斬っても金は奪えないし、腕試しにもならない。それにな、富永屋の場合、七つになる娘が攫われたらしいのだ」

と、言い添えた。

「松島屋は、下働きの元吉が殺されただけですかい」

与三郎が訊いた。

「いや、松島屋も、何かあるのかもしれねえ」

銀次は、松島屋では何か隠しているような気がしたのだ。

銀次、向井、与三郎の三人が口をとじると、辺りが急に静かになり、銀次と向井のめしを食う音だけが聞こえていた。いっときすると、銀次は、向井がめしを食べ終え、箸を置くのを待って、

「とりあえず、松島屋で話を聞いてみたいのだ」

と、向井と与三郎に目をやって言った。

「それがいい。おれもいっしょに行くぞ」

向井が身を乗り出して言った。

「親分、あっしはどうしやす」

与三郎が訊いた。

「今度の件は、与三郎の手も借りるつもりだが、もうすこし様子が知れてからにしてくれ」

銀次は、事件が動きだしてから与三郎の力を借りようと思った。

六

車坂町へ出掛けた翌日、銀次、向井、松吉の三人は、上野北大門町にある松島屋へむかった。事件後の様子を探ってみようと思ったのだ。

銀次たちは賑やかな下谷広小路に出ると、南に足をむけた。広小路には御成街道を行き来する旅人、駄馬を引く馬子《まご》、駕籠などにくわえ、寛永寺の参詣客《さんけい》、肌を売る茶汲女《ちゃくみおんな》のいる水茶屋などで知られた山下と呼ばれる地にむかう遊山客《ゆさん》などが行き交《か》っていた。

上野北大門町に入っていっとき歩くと、松吉が前方左手を指差し、

「あの路地ですぜ」

と言って、足をむけた。

そば屋の脇に、路地があった。その路地にも、人が行き来していた。広小路から流れてきた者たちらしい。

銀次たちは路地に入った。広小路からすぐのところに、大きな料理屋があった。

「松島屋だ」

銀次が、料理屋を指差して言った。

二階建ての大きな店だった。老舗の料理屋らしく、店の入口は洒落《しゃれ》た格子戸《こうしど》になっていた。入口の脇につつじの植え込みあり、籬《まがき》とちいさな石灯籠《いしどうろう》が置いてあった。

「店はひらいているようだ」

向井が言った。

店の入口に、暖簾が出ていた。二階の座敷から、男の談笑の声や嬌声《きょうせい》などが聞こえてくる。

「店に入る前に、出てきた客からなかの様子《ようす》を訊いてみやすか」

銀次は、松島屋で働く者たちが、都合の悪いことを話すとは思えなかったのだ。

銀次たち三人は広小路近くまでもどり、小料理屋らしい店の脇に立って松島屋の店先に目をやった。

いっときすると、松島屋の入口の格子戸があき、客らしいふたりの男が姿をあらわした。ふたりとも年配で、小袖に羽織姿だった。商家の旦那ふうである。

ふたりは何やら話しながら、路地の奥の方へ歩いていく。

「あっしが、訊いてきやす」

銀次はそう言い残し、ひとりで男たちの方へ小走りにむかった。

「ちょいと、すまねえ」

銀次はふたりの背後から声をかけた。

ふたりは立ち止まり、驚いたような顔をして銀次を見ると、

「てまえたちに、何か御用で」

と、赤ら顔の男が訊いた。こちらが年配らしい。

「足をとめさせちゃァ申し訳ねえ。歩きながらでいいんだ」

そう言って、銀次はふたりと肩を並べて歩き出し、

「あっしは、松島屋に世話になった男ですがね。いま、おふたりが松島屋から出

てきたのを目にしやして、訊きてえことがあるんでさァ」

と、切り出した。

「何です」

赤ら顔の男が訊いた。

「松島屋で何か不幸があったと聞きやしてね、何があったか知りてえんでさァ。あっしに、何かできることがあればと思いやしてね」

銀次は、岡っ引きであることを伏せておいた。

「そう言えば、店の様子がいつもと違ったな」

赤ら顔の男が、もうひとりの瘦身《そうしん》の男に顔をむけて言った。どうやらふたりは、松島屋の常連客らしい。

「変わった様子が、ありましたかい」

銀次が訊いた。

「わたしらの席には、いつも女将さんが挨拶《あいさつ》に見えるんですがね、今日は姿を見せなかったんですよ」

赤ら顔の男が言うと、

「それに、女中も妙によそよそしかったな」

　瘦身の男がつぶやいた。

「店で何があったか、分かりやすか」

　銀次が身を乗り出すようにして訊いた。

「分かりませんねえ」

　瘦身の男が言った。

「わたしらは、急ぎますんで」

　そう言って、赤ら顔の男が足を速めると、瘦身の男が慌てて後を追った。ふたりは、見ず知らずの男に、喋《しゃべ》り過ぎたと思ったようだ。

　銀次は向井たちのところにもどると、ふたりの客から聞いたことをかいつまんで話した。

　その後も、銀次たちは店から出てきた客に話を聞いたが、新たなことは何も知れなかった。

「店に入って、女将に訊いてみやすか」

　銀次は、女将のおとせに訊くのが手っ取り早いと思った。

銀次たち三人は、松島屋の暖簾をくぐった。

土間の先が狭い板敷きの間になっていて、左手に二階に上がる階段があった。右手が帳場になっているらしい。

「いらっしゃいまし」

帳場から女中らしい年増《としま》が姿を見せ、板敷きの間に座して銀次たちを迎えた。客と思ったらしい。

銀次は懐《ふところ》から十手を取り出し、

「おれたちは、御用の筋でな、訊きたいことがあってきたのだ。女将さんを呼んでくれねえか」

と、銀次が声をひそめて言った。

すると、年増は顔をこわばらせ、

「お、お待ちください」

と言い残し、慌てて帳場にもどった。

待つまでもなく、女中は益蔵を連れてもどってきた。益蔵は板敷きの間に座すと、

「お話は、手前がお聞きします」

そう言って、銀次たちに頭を下げた。

「女将に、訊きたいことがあるのだがな」

銀次が渋い顔をした。

「それが、女将さんは胸が痛むとかで、臥《ふ》せっておりまして、ご勘弁いただきたいのですが」

「ならば、あるじの庄蔵《しょうぞう》に訊きたい」

銀次は、松島屋の主人が庄蔵という名であることを知っていた。

「もうしわけございません。あるじは、出てまして」

益蔵が低頭して言った。

七

……益蔵は、何か隠している。

と、銀次は察知した。女将が臥せっていることも、庄蔵が出掛けていることも、嘘《うそ》ではないかと思った。

「仕方ない。益蔵さんに訊くか」

銀次は、そう言うしかなかった。

「店先では、お話ができませんので、お上がりになってください」

益蔵はそう言って、銀次たち三人を帳場の奥の小座敷に連れていった。そこは、悪酔いして暴れる客や帳場では話せないような相手と会う座敷らしかった。

銀次たち三人が座敷に腰を下ろすと、障子があいて、さきほど応対に出た年増の女中が盆に湯飲みを載せて運んできた。銀次たちに茶を淹《い》れたらしい。

益蔵は、銀次たち三人が茶で喉を潤《うるお》すのを見てから、

「お武家さまも、お奉行所にかかわりのある方でございますか」

と、向井に目をやって訊いた。

「おれは、八丁堀の者でな。役柄上、ちと身装《みなり》を変えているのだ」

向井が言うと、

「隠密廻りのお方だ」

すぐに、銀次が言い添えた。向井が探索にあたるとき、隠密廻りの同心を名乗ることがあった。銀次の入れ知恵である。

町奉行所で、江戸市中で起こった事件にあたる同心には、捕物並びに三廻りと呼ばれる定廻り、臨時廻り、隠密廻りの同心たちがいた。その三廻りのなかで、直接事件にあたるのは、定廻りと臨時廻りである。隠密廻りだけは奉行に直属していて、秘密裡《り》に事件にあたるのだ。そのため、隠密廻りは同心ふうの格好ではなく、様々な身分の者に変装することもめずらしくなかった。

「これは、お見逸《みそ》れしました」

益蔵があらためて向井に頭を下げた。

向井は胸をそらせただけで、何も言わなかった。この場は銀次にまかせる気のようだ。

「女将さんは、臥せっているそうだな」

銀次があらためて訊いた。

「はい、胸が痛いとのことで……」

益蔵は語尾を濁《にご》した。

銀次は嘘だと思ったが、そのことは追及せず、

「ところで、お春という娘さんだが、店にいるな」

と、益蔵を見すえて訊いた。

「そ、それが、ここにはおりません」

益蔵が声を震わせて言った。

「どこにいるのだ」

銀次が語気を強くして訊いた。

「ぞ、存じません。……女将さんが臥せっているため、親戚に預けたと聞いていますが」

益蔵の顔がこわばり、体まで小刻みに震えだした。

銀次の頭に、娘は攫われたのではないか、という思いが過《よ》ぎったが、口にはしなかった。何の確証もなかったからだ。

そのとき、黙って聞いていた向井が、

「おい、娘は攫われたのではないか」

と、益蔵を見据《みす》えて訊いた。どうやら、向井も銀次と同じことを思ったようだ。

「そ、そのようなことは、ございません。お嬢さんは、親戚にあずけられています」

益蔵が顫えながら言った。

それから、銀次と向井が何を訊いても、益蔵は「存じません」「勘弁してください」と訴えるように答えるだけだった。

「益蔵、口止めされているようだな。また、話せるようになったら来てみる」

そう言って、銀次が立ち上がると、向井と松吉がつづいて腰を上げた。

「お待ちください」

益蔵は慌てた様子で立ち上がると、帳場の隅に置かれた小簞笥《こだんす》の引き出しをあけ、何やら摑みだしてもどってきた。

そして、銀次と向井の袂《たもと》に、紙包みを入れようとした。袖《そで》の下らしい。

「これは娘が店にもどり、女将の病が癒《い》えてからいただこう」

銀次はそう言って、袂に紙包みを入れさせなかった。

「おれも、銀次と同じだ」

向井も、袖の下を断った。

銀次たち三人は、益蔵に見送られて松島屋から路地に出た。そして、路地から賑やかな広小路に出ると、

「銀次、娘のお春は、攫われたのかもしれんぞ」

と、顔を厳しくして言った。

「あっしも、そうみやした。下働きの元吉が、殺されたときかもしれやせん」

銀次につづいて、

「そうか！　人攫いどもに、娘のことを話すと、殺すと脅されているんだな」

松吉がめずらしく強い口調で言った。

銀次たち三人はいっとき無言のまま歩いたが、

「これから、どうする」

と、向井が広小路を寛永寺の方へむかいながら訊いた。

「あっしは、富永屋の件と同じ筋とみやした」

銀次が言った。

「おれも、そんな気がする」

「これから、富永屋まで足を延ばしやすか」

松吉が意気込んで言った。

「これからか」

銀次は、西の空に目をやった。すでに、陽は西の家並の向こうに沈んでいた。空は茜色《あかね》に染まっている。

「もう遅い。明日にしやしょう」

銀次はそう言った後、「今日は、嘉乃屋で夕飯を食ってってくだせえ」と言い添えた。

「いつも、すまんな」

向井が目尻を下げて言った。

八

翌朝、銀次は向井と松吉が嘉乃屋に顔を見せるのを待って、神田鍛冶町にむかった。浅草寺にお参りにいった帰りに娘を攫われ、丁稚を殺された富永屋に立ち寄って事件のことを訊いてみようと思ったのだ。

銀次たちは御成街道を南にむかい、神田川沿いの道に出た。そして、西にむかって歩き、昌平橋《しょうへいばし》を渡った。その道は中山道だった。南に歩けば、鍛冶町に出られる。

中山道は行き交《か》うひとの姿が多かった。日本橋につづく道であり、旅人だけでなく、様々な身分の老若男女《ろうにゃくなんにょ》が行き交っている。

銀次たちは神田鍛冶町に入ると、街道沿いにあった傘屋《かさや》に立ち寄り、富永屋はどこか訊いてみた。

店のあるじが、街道を南に三町ほど歩くと、通り沿いに土蔵造りの呉服屋があり、それが富永屋だと教えてくれた。

「店はひらいているかな」

銀次は念のために訊いてみた。

「ひらいてますよ」

あるじは素っ気なく言った。娘が攫われたことは、知らないようだ。

銀次たち三人は、街道を南にむかって歩いた。

三町ほど歩いたところで、

「親分、あの店ですぜ」

松吉が指差した。街道の右手に、土蔵造りの呉服屋らしい店が見えた。

店はひらいていた。ただ、客の出入りはすくなく、活気がないように見えた。

店に近付くと、店の脇に立っている看板に「呉服物品々、富永屋」と記されていた。

「この店だ」

銀次は店の脇に足をとめた。

「どうしやす」

松吉が訊いた。

「店に入って、その後のことを訊いてみよう」

すでに、富永屋では娘が攫われたことを町方にも話していた。あらためて隠すことはないだろう、と銀次はみたのだ。

銀次たち三人は、富永屋の暖簾をくぐった。店に入ると、すぐに広い売り場になっていた。何人かの手代が、売り場で客と話したり反物《たんもの》を見せたりしていた。

丁稚たちは反物を運んだり、客に茶を出したりしている。

銀次たちが売り場の前に立つと、すぐに手代がひとり近寄ってきて、

「いらっしゃいませ」

と言って、笑みを浮かべた。だが、どことなく笑顔がゆがんでいるように見えた。腹の内で、客ではないと思ったからだろう。

銀次は懐に手をつっ込んで、十手を覗《のぞ》かせ、

「訊きたいことがある」

と、小声で言った。

「お待ちください」

手代は慌てた様子でその場を離れ、売り場の左手にあった帳場にむかった。

帳場格子の先に番頭らしい男が座し、帳場机を前にして帳簿のような物を捲《めく》っていた。そこへ、手代が身を寄せて何やら話すと、番頭は銀次たちに顔をむけて、すぐに立ち上がった。

番頭は、五十がらみの小柄な男だった。丸顔で、細い目をしていた。その顔がこわばっている。

番頭は銀次たちの前に座り、

「どのような御用件でしょうか」

と、声をひそめて訊いた。顔に戸惑いと不安の色がある。

「娘さんのことで、訊きたいことがあってきたのだ。あるじに会わせてもらえないか」

銀次は、他の客には聞こえない声で言った。

「お待ちください。すぐに、あるじに訊いてまいります」

そう言い残し、番頭は慌てた様子で帳場の脇を通って奥へむかった。

銀次たちが、売り場の上がり框《かまち》に腰を下ろして待つと、いっときして番頭がもどってきた。

「あるじが、お会いするそうです。お上がりになってください」

と、番頭が銀次に身を寄せて言った。

銀次たち三人は、売り場に上がった。そして、番頭に売り場の奥の座敷に案内された。そこは、上客との商談の間らしかった。座布団や莨盆《たばこぼん》などが用意されている。

「ここで、お待ちください。すぐに、あるじがまいります」

そう言い残し、番頭が座敷から出ようとしたところに、あるじらしい壮年の男が入ってきた。顔がやつれ、苦悩の表情が刻まれていた。その顔を見ただけで、あるじを襲った悲劇の大きさが見てとれた。

男は銀次たちの前に座り、頭を下げた後、

「富永屋のあるじの宗兵衛《そうべえ》でございます。娘のおきよのことで、来ていただいたと番頭から聞きました」

と言って、銀次たちに目をむけた。その目に、縋《すが》るようなひかりが宿っていた。

攫われた娘の名はおきよというらしい。

「大きな声では言えないが、ここと同じように娘が攫われた店があるのだ」

銀次が声をひそめて言った。

「左様でございますか」

宗兵衛が驚いたような顔をして訊いた。

「その娘を連れ去ったのは、この店の娘を連れ去った一味と同じとみている」

推測だが、銀次はそう言ったのである。

「そ、それで、娘さんを連れ去った者たちのことが、知れたのでしょうか」

宗兵衛が身を乗り出して訊いた。

「まだ、分からねえ。……それでな、この店の娘を助け出すためにも、連れ去った一味のことが知りたいのだ」

銀次はそう言った後、すこし間をとって、

「一味から、何か言ってきたはずだ」

と、宗兵衛に目をやって訊いた。

「は、はい。当初、町方に話せばおきよの命はないと言われ、黙っておりました。そして、おきよが連れ去られて五日目に、遊び人ふうの男がひとりあらわれ、千両出せばおきよを帰すと言われたのです」

宗兵衛が声を震わせて話した。

「千両だと、大金だな。……それで、どうした」

銀次が話の先を促した。

「てまえどもにとって、千両は大金ですが、大事な娘には代えられないと思い、何とか都合して渡したのです。ところが、十日たち、二十日経っても、おきよを帰してくれません」

「それで、どうした」

「一月ほどして、ひょっこり男があらわれ、あと五百両出せば、おきよを帰すと言ってきたのです」

宗兵衛の顔が、不安と苦悩にゆがんだ。

「五百両、渡したのか」

銀次が訊いた。

「いえ、渡しませんでした。……一月ほど前、有り金を掻《か》き集めて渡したので、すぐに五百両を都合するには、一月ほどかかる、と言ったのです」

そのとき、宗兵衛は、五百両渡しても娘は帰さないと思ったという。

「帰さなかったろうな」

銀次も、娘を攫った一味は、人質でもある娘を帰せば、その娘の口から自分たちのことが知れるので、帰さないとみた。

「男は、一月待つが、娘の命が惜しかったら町方には話すな、と言い置いて、帰りました」

「それでどうしたのだ」

黙って聞いていた向井が、口を挟んだ。

「密《ひそ》かに、親分さんに話しました。てまえどもが一月後に五百両渡しても、おきよを帰すどころか、分からないように殺されるか、遠方の女郎屋にでも売られるのではないかと思ったのです」

「話をした親分はだれだい」

　銀次が訊いた。

「峰助親分です」

「そうか」

　峰助は、相生町界隈を縄張りにしている岡っ引きだった。松島屋の元吉が殺されたときも現場に来ていた男である。

「そ、その後、一月ほど経《た》ちますが、おきよの行方も分からぬままです。おきよは、殺されたのではないかと……」

　宗兵衛は涙声で言って、肩を落とした。

「いや、娘さんは、生きている」

　銀次が語気を強くして言った。

　宗兵衛が、顔を上げて銀次を見た。

「人攫い一味にとって、娘さんは大事な金蔓《かねづる》だ。それに、自分たちの身を守る命綱でもある。そう簡単に、殺したりはしない」

「おれも、そうみるな」

向井が言い添えた。

「一味には、ここにきて他の娘を攫った。おそらく、この店と同じように金を要求してくるだろう」

銀次が言った。

「……！」

宗兵衛が顔を上げて銀次を見た。

「一味は、町方の目を新たな事件にむける狙いもあるはずだ。……町方の目が、この店から離れたとき、また姿を見せ、あらためて金を要求してくるかもしれない」

そう言って、銀次が虚空《こくう》を睨《にら》むように見すえた。

「そうかもしれません」

宗兵衛が、息を呑んだ。

第二章　岡っ引き殺し

一

「親分、大変だ！」

松吉が、嘉乃屋《よしのや》の戸口から飛び込んでくるなり声を上げた。ひどく慌《あわ》てている。

銀次は嘉乃屋の小上がりで朝めしを食った後、おきみを相手に茶を飲んでいた。

「どうした、松吉」

銀次は湯飲みを手にしたまま訊いた。

「峰助親分が、殺《や》られやした！」

「なに、峰助親分が殺られたと」

銀次は驚いた。昨日、富永屋の宗兵衛から峰助のことを聞いたばかりだった。

「場所はどこだい」

「和泉橋のそばのようで」

松吉は、峰助の手先のひとり、浅吉《あさきち》と金沢町の通りで顔を合わせて峰助が殺されたことを知ったという。

「浅吉も、峰助親分が殺された現場にむかったのか」

銀次が訊いた。

「へい」

「おれたちも行こう」

銀次は湯飲みを置いて立ち上がった。

「おまえさん、気をつけておくれ」

おきみが、不安そうな顔をした。

「待て、念のため、まろほしを持っていく」

峰助を殺したのは人攫《ひとさら》い一味にちがいない。銀次は、一味の矛先《ほこさき》が自分にもむけられるとみたのである。

銀次は、ふだんまろほしは持ち歩いていなかったが、敵に襲われる恐れのあるときは、持っていくことにしていたのだ。

銀次は急いで二階の座敷にもどり、革袋に入っているまろほしを懐に入れて、もどってきた。

「松吉、行くぞ」

銀次は松吉を連れて店から出た。

おきみは戸口に出て、銀次たちを見送っている。

銀次と松吉は御成街道を南に足早に歩き、神田川沿いの通りに突き当たると、東にむかった。

しばらく歩くと、前方に神田川にかかる和泉橋が見えてきた。

「親分、大勢集まっていやすぜ」

松吉が言った。

見ると、和泉橋のたもとの岸際に大勢のひとが集まっていた。遠方ではっきりしないが、野次馬たちが多いようだ。橋のたもとなので、川沿いの道の通行人だけでなく、橋を行き来するひとも集まっているのだろう。

「八丁堀の旦那もいやすぜ」

　松吉が言った。

「島崎の旦那だ」

　銀次は、人だかりのなかに島崎綾之助の姿があるのを目にとめた。おそらく、市中巡視の途中、岡っ引きの峰助が殺されたと聞いて、駆け付けたのだろう。

　人だかりは、思ったより多かった。川向こうの柳原《やなぎわら》通りからも、話を聞いて駆け付けた者もいるようだ。

　銀次が人だかりのそばまで来ると、松吉が十手を前に突き出すようにして、

「どいてくんな！」

　と、声をかけた。すると、人垣が割れ、銀次たちを通してくれた。

「銀次か、ここへ来い」

　島崎が呼んだ。

　島崎の足元に、殺された峰助が横たわっているらしい。

「遅くなりやした」

　そう言って、銀次が島崎に身を寄せると、

「見ろ、峰助だ」

島崎が足元に目をやって言った。

峰助は仰向けに倒れていた。目を見開き、口をあんぐりあけたまま死んでいた。肩から胸にかけて小袖《こそで》が袈裟《けさ》に裂け、どっぷりと血に染まっている。

「刀傷だ」

島崎が言った。

「下手人は二本差しのようで」

「それも、腕のたつ男だ」

「…………」

銀次も胸の内で、遣い手だ、と思った。下手人は、一太刀で峰助を仕留めていた。しかも、峰助に逃げる間も与えないほど速い動きだったにちがいない。

「峰助は、富永屋の件を追っていたようだ。その関わりで、殺されたのではないかな」

島崎が言った。

「あっしも、そうみてやす」

「うむ……」

島崎の顔がけわしくなった。

「松島屋の件と何かつながりがあるかもしれやせん」

「銀次、富永屋の件も洗ってみろ」

島崎が銀次に身を寄せて言った。

「そのつもりです」

すでに、銀次は富永屋のあるじの宗兵衛に会って話を聞いていたが、そのことは口にしなかった。

銀次は島崎から身を引き、

「松吉、どこかに、浅吉はいないか」

と、訊いた。まず、殺された峰助の手先の浅吉から話を聞いてみようと思ったのだ。

「旦那、あそこにいやす」

松吉が岸際を指差した。見ると、浅吉が年配の岡っ引きと話していた。銀次は岡っ引きの顔は知っていたが話したことはなく、名も知らなかった。年配の岡っ引きは、浅吉から話を聞いているらしい。

銀次と松吉が近付くと、年配の岡っ引きは、

「また、話を聞かせてもらうぜ」

と言い残して、浅吉から離れた。

二

浅吉はまだ若かった。十七、八ではあるまいか。顔が蒼ざめ、体がかすかに顫《ふる》えていた。親分が殺されたことで、衝撃を受けたらしい。

「銀次親分だ」

松吉が浅吉に小声で知らせた。

「浅吉でさァ」

そう言って、浅吉は首をすくめるように銀次に頭を下げた。

「とんだことになったな」

銀次が声をかけた。

「へい……」

「峰助親分は、富永屋の件を追ってたんだな」

「そ、そうで」

浅吉が、驚いたような顔をして銀次を見た。峰助が富永屋の事件を探っていたことを銀次が知っていたからだろう。

「近ごろ、峰助親分が何を探っていたか、知っているな」

銀次が浅吉に身を寄せて訊いた。

「……………」

浅吉は顔を強張《こわば》らせただけで、何も言わなかった。

「浅吉、親分の敵《かたき》を討ちてえとは思わねえのかい」

浅吉は、峰助が殺されたことで、人攫い一味を恐れている、と銀次はみた。

「お、親分の敵を討ちてえ」

浅吉が、声を震わせて言った。

「敵討ちは、人攫い一味をお縄《なわ》にすることだ。おれと松吉が、手を貸すぜ。それにな、次に人攫い一味が狙うのは、おめえじゃァねえ。このおれだろうよ」

「……！」

浅吉が、驚いたような顔をして銀次を見た。

「峰助親分は、だれを探っていた」

銀次が、声をあらためて訊いた。

「政造《まさぞう》ってえ遊び人でさァ」

「峰助親分は、どうして政造に目をつけたのだ」

「富永屋の娘が攫われる前、政造が富永屋のことを探っていたらしいんでさァ」

浅吉は、峰助とふたりで富永屋の界隈で聞き込み、政造が富永屋の娘のおきよのことを探っていたことを突き止めたという。

「浅吉、その政造ってえ遊び人の居所を知っているのか」

銀次は、政造から人攫い一味が手繰《たぐ》れるとみた。

「居所は知りやせんが、両国界隈《かいわい》で遊び歩いているようでさァ」

浅吉によると、政造は薬研堀《やげんぼり》沿いにある小料理屋に出入りしているという。薬研堀は、両国広小路の近くである。

「親分は、小料理屋の女将が、政造の情婦《いろ》かもしれねえと言ってやした」

「薬研堀か」

銀次は、薬研堀沿いにも老舗の料理屋や料理茶屋などがあり、夜になると賑やかになることを知っていた。

銀次は頭上に目をやった。陽は西の空にかたむいていたが、まだ八ツ（午後二時）前であろう。それに、この場から薬研堀までそう遠くない。

「薬研堀まで足を延ばすか」

銀次が、松吉と浅吉に声をかけた。

三人は和泉橋を渡り、柳原通りに出た。そして、東に足をむけた。しばらく歩くと、郡代屋敷の脇に出て、前方に浅草御門が見えてきた。その先が、両国広小路である。江戸でも有数の盛り場で、様々な身分の老若男女が行き交っていた。

銀次たちは賑やかな両国広小路を通り抜け、両国橋のたもと近くまで行って、右手におれた。そこは大川端《おおかわばた》沿いにつづく道で、いっとき歩くと、前方に薬研堀にかかる元柳橋《もとやなぎばし》が見えてきた。

銀次は元柳橋のたもとで足をとめ、

「どこかで、昼めしを食うか」

と、松吉と浅吉に声をかけた。

「ありがてえ！　もう腹が減っちまって」

松吉が声を上げた。

三人は薬研堀沿いの道を歩き、道沿いにあったそば屋に入った。

銀次は応対に出た小女に、座敷があいているか訊いた。足を伸ばして休みたかったのだ。それに、店の者から訊きたいこともあった。

「ありますよ」

小女は、銀次たちを小上がりの奥にある小座敷に案内してくれた。五、六人の客で、一杯になると思われる狭い座敷である。

銀次たちが小座敷に腰を落ち着けると、小女が注文を訊きにきた。銀次が三人分のそばを頼んだ後、

「この辺りに、小料理屋はないかな」

と、小女に訊いてみた。

「小料理屋は、ないけど……」

小女は首を捻《ひね》っていたが、

「巴屋《ともえや》さんの脇にあったかもしれない」

と、つぶやくような声で言った。

「巴屋は何を商《あきな》っている店だ」

銀次が訊いた。

「料理屋ですよ」

小女によると、巴屋は薬研堀沿いにある老舗《しにせ》の料理屋で、この店から二町ほど行った先にあるという。

「行ってみよう」

銀次は、それだけ訊けば、巴屋はすぐに分かると思った。ただ、巴屋の脇にある小料理屋が政造の情婦がやっている店かどうかは分からない。

銀次たちは届いたそばを平らげると、すぐに腰を上げた。

小女に教えられたとおり、薬研堀沿いの道を二町ほど行くと、料理屋があった。老舗らしい趣と落ち着きのある店だった。

客が入っているらしく、二階にあるいくつかの座敷から嬌声《きょうせい》や酔客の哄笑《こうしょう》、それに三味線の音などが聞こえてきた。

店の前まで行くと、掛け看板に「御料理屋　巴屋」と記してあった。

「ここが巴屋だ」

銀次が言った。

「親分、小料理屋らしい店がありやすぜ」

松吉が、巴屋の脇を指差して言った。

脇といっても、巴屋との間に裏手につづく小径《こみち》があり、すこし離れていた。

三

銀次たち三人は通行人を装い、小料理屋らしい店の前まで行ってみた。小体な店だが、二階もあった。戸口は洒落《しゃれ》た格子戸になっている。

銀次たちは、小料理屋の店先に近付いてみた。客がいるらしく、男の濁声《だみごえ》と女の声が聞こえた。女は店の女将《おかみ》ではあるまいか。

銀次たちは小料理屋の前を通り過ぎ、一町ほど歩いてから足をとめた。

「どうしやす」

松吉が訊いた。

「政造の情婦の店かどうか分からないな」

それに、銀次は政造が店にいるかどうかも知りたかった。

「店に入《へえ》って訊くわけにはいかねえし……」

松吉が首を捻った。

「どうだ、近所で様子を訊いてみるか」

そう言って、銀次が通り沿いの店に目をやったが、料理屋、そば屋など飲み食いする店が多く、話の聞けそうな店はなかった。

「親分、店から誰か出てきやした」

松吉が小料理屋を指差して声高に言った。

見ると、格子戸の前にふたりの男が立っていた。ふたりとも、職人ふうだった。つづいて、女将らしい年増《としま》が姿を見せた。ふたりの客を見送りにきたらしい。

ふたりの客は女将と何やら会話をかわし、笑い声を上げた。客のひとりが剽《ひょう》げたことでも口にしたらしい。

客のふたりが、笑いながら店先を離れると、年増は踵《きびす》を返して店にもどった。

「あのふたりに、訊いてみよう」

銀次が、小走りにふたりの男の後を追った。

松吉と浅吉のふたりは、銀次の後ろからついてきた。

銀次はふたりの男に近付き、

「ちょいと、すまねえ」

と、声をかけた。

ふたりの男は、足をとめて振り返った。

「おれたちかい」

浅黒い顔をした男が訊いた。三十がらみであろうか。こちらが、兄貴格らしい。

もうひとりは、痩身で二十歳そこそこに見えた。

「いま、そこの店から出てきたな」

銀次が小料理屋を指差して言った。

「ああ」

浅黒い顔をした男が、気のない返事をした。

「あの店に、おれがむかし世話になった男がいると聞いてきたんだがな、男の顔を見たかい」

銀次が声をひそめて訊いた。

「おめえが世話になった男といったって、おれたちには分からねえよ」

素っ気《そつけ》なく言って、浅黒い顔をした男が歩きだした。痩身の男も、いっしょに歩いていく。

銀次はふたりの後を追い、

「名は政造、おれが世話になった兄いよ」

銀次が低い声で言った。

「……！」

浅黒い顔をした男が、足をとめて銀次に目をむけた。顔がこわばっている。

「政造兄いは、店にいなかったかい」

銀次が、ふたりの男を睨《にら》むように見すえて訊いた。

「いやした」

浅黒い顔をした男がそう言った後、

「いやしたが、帰るところでしたぜ」

と、言い添えた。言葉遣いが変わっている。政造のことを知っているらしい。

「おめえたちの後、政造兄いは、店から出たのかい」

「店から出るといっても、政造さんはいつも店の裏手から出入りしているようでさァ」

浅黒い顔の男によると、小料理屋の裏手から、隣の料理屋、巴屋の脇にある路地に出られるという。

「そうか。……ところで、政造兄いは、あの小料理屋によく来るのかい」

「くわしいことは知りやせんが、よく見掛けやすよ」

そう言って、浅黒い顔をした男はすこし足を速めた。いつまでも、銀次と話しながら歩きたくなかったらしい。瘦身の男も慌てて銀次から離れた。

銀次は足をとめた。そこへ、松吉と浅吉が近付いてきた。

「親分、聞きやしたぜ」

松吉が言った。

「政造は、小料理屋を出たようだな」

「逃げられちまったのか」

「なに、政造があの店に出入りしてることがはっきりしたんだ。明日、出直して、店の裏手を見張ってもいい」

銀次たちは踵を返し、来た道を引き返した。


このとき、遊び人ふうの男が巴屋の脇に身を隠して、銀次たち三人に目をやっていた。政造である。

政造は小料理屋の裏手から出て、巴屋の脇まで来たとき、店にいたふたりの客が別の男と何やら話しながら歩いていくのを目にしたのだ。

……あいつは、ふたりからおれのことを聞いているのかもしれねえ。

と、政造は思った。

そして、巴屋の脇に身を隠したままふたりの客と話している男に目をやっていた。ふたりの客が男から離れると、別の男がふたり走り寄った。三人は何やら話しながら、こちらにもどってくる。

……岡っ引きと手先だ！

と、政造は確信した。

政造は、三人の男に目をやりながらどうしようか迷った。そのとき、岡っ引きの峰助を始末したことを思い出し、三人の男が通り過ぎるのを待って跡を尾《つ》け始めた。隙《すき》を見て、始末してもいいと思ったのである。

銀次たち三人は尾けている政造に気付かず、来た道を引き返していく。

四

翌朝、銀次が松吉が来るのを待って薬研堀に出掛けようとしているとき、向井が顔を出した。

向井は銀次から話を聞くと、

「今日は、おれもいっしょに行く」

と、意気込んで言った。

「道場の稽古《けいこ》は、いいんですかい」

「師範代の村井《むらい》に頼んできた。それに、稽古といっても顔を出すのは、五、六人だからな。おれがいなくても、どうにでもなる」

向井が、薄笑いを浮かべて言った。村井恭太郎《きょうたろう》は、ちかごろ師範代になった男である。まだ若いが、門弟のなかでは腕がたつと聞いていた。

「向井の旦那が、いっしょなら心強い」

銀次は、佐久間町や薬研堀界隈には、人攫い一味の目がひかっているような気がしていたのだ。

それに、政造を捕らえることになれば、銀次、松吉、浅吉の三人だけでは手が足りない。政造の仲間がいるかもしれないのだ。

銀次と向井が話しているところに、松吉が姿を見せた。

「今日は、向井の旦那もいっしょですかい」

そう言って、松吉が向井に頭を下げた。

「松吉、よろしくな」

「向井の旦那が、いっしょなら心強えや」

松吉が照れたような顔をして言った。

「そろそろ出掛けるか」

銀次が腰を上げた。

銀次たち三人は、おきみに見送られて嘉乃屋を出た。五ツ半（午前九時）ごろだったが、下谷広小路は人通りが多かった。遊山客は少なかったが、旅人や駄馬を引く馬子《まご》の姿などが目についた。

銀次たちは、下谷広小路から御成街道を経て神田川沿いの道を東にむかった。そして、和泉橋のたもとまで行くと、浅吉が待っていた。

浅吉は事件の現場で向井を見たことがあるらしく、

「浅吉です」

と名乗ってから、殺された峰助親分の下っ引きをしていたことを話した。

「おれは、向井藤三郎だ。よろしくな」

向井も名乗った。

「行きやしょう」

銀次が先にたった。

銀次たち四人は和泉橋を渡り、賑やかな両国広小路を経て、薬研堀にかかる元柳橋のたもとまで来た。

「四人もで行くと、目につくな」

銀次は、なかでも向井の姿が目を引くのではないかと思った。薬研堀沿いの通りは、あまり武士の姿を見掛けなかった。武士が来るとすれば、陽が沈むころだろう。

「旦那、そば屋で腹拵えをしやすか」

銀次は、昨日入ったそば屋に向井を休ませておき、小料理屋に政造が来ているかどうかだけでも確かめようと思った。

「いいな、だいぶ歩いたから腹が減った」

向井が相好《そうごう》をくずした。

銀次たち四人は、薬研堀沿いの道を歩き、昨日入ったそば屋で、小女に小座敷があいているか訊くと、あいているとのことだった。

さっそく、銀次たちは小座敷に腰を落ち着け、そばと酒を頼んだ。銀次は向井が待っているのに退屈しないように酒を頼んだのだ。

銀次は先にとどいたそばを平らげると、

「ちょいと、様子を見てきやす」

そう言い残し、松吉だけを連れてそば屋を出た。

小料理屋のそばまで来ると、

「親分、店はひらいてやすぜ」

松吉が、店先を指差して言った。

小料理屋の店先に、暖簾《のれん》が出ていた。店はひらいているらしい。銀次と松吉は通行人を装って、店先に近寄った。

店のなかから話し声が、聞こえた。女の声と、客らしい男の濁声だった。男は何人かいるらしい。そのとき、話し声に混じって、「政造さん」と呼ぶ女の声が聞こえた。

……政造は店に来ている！

と銀次はみて、店先を離れた。

銀次と松吉は、小料理屋から半町ほど離れてから足をとめた。

「政造と呼ぶ声が聞こえたな」

銀次が、確かめるように松吉に訊いた。

「あっしも、聞きやしたぜ」

松吉が昂《たかぶ》った声で言った。

「よし、向井の旦那に知らせよう」

銀次は、小料理屋に踏み込んで政造を捕らえてもいいと思った。向井がいれば、政造の仲間がいても、取り逃がすことはないだろう。

銀次と松吉は、足早に来た道を引き返した。


このとき、巴屋の脇に身を隠している男がいた。遊び人ふうである。小袖を裾《すそ》高《だか》に尻《しり》っ端《ぱし》折《しょ》りし、両脛《りょうずね》をあらわにしていた。

男は銀次と松吉の姿を目にすると、身を乗り出すようにして、

「あのふたりだな」

と、つぶやいた。そして、銀次たちが巴屋の前を通り過ぎるのを待って通りに出ると、ふたりの跡を尾け始めた。

銀次と松吉はそば屋の前まで来ると、薬研堀沿いの道の左右に目をやってから、暖簾をくぐった。

跡を尾けてきた男は、銀次と松吉がそば屋に入ったのを目にすると、

「政造兄いに、知らせねえと」

とつぶやき、踵を返して来た道を足早に戻った。

五

昼下がりだった。薄雲が空を覆《おお》っていた。風のない静かな日である。薬研堀沿いの道は人通りがすくなく、妙にひっそりとしていた。

銀次たち四人はそば屋を出ると、小料理屋に足をむけた。四人は人目を引かないようにすこし間を取って歩いた。

そして、巴屋の前まで来たとき、先頭を歩いていた松吉が足をとめ、

「親分、小料理屋に暖簾が出てねえ」

と、驚いたような顔をして言った。

「どういうことだ」

銀次も、さきほど店先に暖簾が出ていたのを確かめていた。

銀次は足早に小料理屋に近付いた。松吉や向井たちも、慌《あわ》てて銀次の後を追ってきた。

小料理屋から、人声が聞こえなかった。銀次が足音を忍ばせて店先に近寄ったとき、かすかに物音がした。

……だれかいる！

銀次は、胸の内で声を上げた。店のなかから聞こえたのは、足音と何かが擦《こす》れるような音だった。何人かいるようだ。

「店のなかにいやす」

銀次が振り返って、背後にいる向井に言った。

「後ろからも来る！」

松吉が声を上げた。

向井と浅吉が、振り返った。

男が五人、走ってくる。遊び人ふうの男がふたり、鳶《とび》の者のような格好をした男がふたり、それに総髪の牢人体の男がひとりいた。

「おれたちを襲う気だ！」

向井が声高に言った。

そのとき、小料理屋の格子戸があいて、男が三人飛び出してきた。政造と遊び人ふうの男がふたり——。三人は、匕首《あいくち》を手にしていた。

背後から五人、小料理屋から三人。八人の男が、銀次たちに迫ってきた。

「堀際に寄れ！」

向井が叫んだ。前後から、挟み撃ちになるのを避けようとしたのだ。

銀次たち四人は、薬研堀を背にして立った。

向井はすばやく抜刀した。銀次は懐から、まろほしを取り出した。こんなこともあろうかと思って、持ってきたのである。

松吉と浅吉は、十手を取り出した。だが、手にした十手が震えていた。顔も強《こわ》張《ば》っている。

そこへ、八人の男がばらばらと走り寄り、銀次たち四人を取り囲むようにまわり込んだ。近くを通りかかった者たちが、「喧嘩《けんか》だ！」「逃げろ！」などと叫びながら、その場から逃げ散った。

銀次の前に立ったのは、面長《おもなが》の男だった。長脇差《ながわきざし》を手にしている。政造は銀次の左手にまわり込んできた。匕首を顎《あご》の下に構え、すこし背を丸めていた。獲物に飛び掛かる狼のようである。

「なんだ、それは」

面長の男が、銀次の手にしたまろほしを見て驚いたような顔をして訊いた。

「おめえの首を、これで串刺しにしてやるのさ」

そう言って、銀次はまろほしの槍穂《やりほ》を面長の男にむけた。

一方、向井の前には、総髪の牢人が立っていた。顎がとがり、細い目をしている。牢人は手にした刀の切っ先を向井にむけたが、三間ほども間合をとっていた。

向井の身構えを見て、遣い手と察知したのかもしれない。

「かかってこい！　おれが、神道無念流の手解《てほど》きをしてやる」

そう言って、向井は青眼《せいがん》に構えると、剣尖《けんせん》を牢人の目線につけた。どっしりと腰の据《す》わった隙《すき》のない構えである。

牢人の顔に、狼狽《ろうばい》の色が浮いた。相手が剣の遣い手と分かったらしい。

「いくぞ！」

向井が声を上げ、足裏を摺《す》るようにして、ジリジリと牢人との間合をつめ始めた。

牢人は青眼に構え、剣尖を向井にむけたまま後じさった。向井の気魄《きはく》と剣尖の威圧に押されたのである。

向井は青眼に構えたまま牢人との間合をつめていく。

このとき、銀次の前に立っていた面長の男が仕掛けた。

「殺してやる！」

叫びざま、面長の男が長脇差を振りかぶって斬りつけた。袈裟《けさ》へ——。ただ、迅《はや》さがなかった。振りかぶって斬り下ろすだけの唐突な仕掛けである。

咄嗟《とっさ》に、銀次はまろほしの刀受けで男の刀身を受けておいて、右手に踏み込みざま槍穂《やりほ》を横に払った。

ヒュッ、と、男の頬《ほお》から血が飛んだ。槍穂の先が、頬を抉《えぐ》ったのだ。

面長の男は悲鳴を上げ、銀次から逃げた。男の頬が、赤い布を張り付けたように赤く染まっている。

男は恐怖に顔をしかめ、銀次から大きく身を引いた。

銀次は左手にいた政造に、

「政造、観念しろ！」

と言いざま、まろほしをむけた。

「妙な物を遣いやがって……」

政造は手にした匕首を顎の下に構えていたが、顔が恐怖に歪《ゆが》み、匕首が小刻みに震えている。

「いくぞ！」

銀次が踏み込んだ。

すると、政造は素早く後ずさり、銀次との間があくと、

「覚えてやがれ！」

と叫びざま、反転して逃げ出した。

「待て！」

銀次は追ったが、政造の逃げ足は速く、追いつかなかった。

六

向井と対峙《たいじ》していた牢人が、政造の逃げる姿を目にすると、構えていた切っ先を下げて身を反転させた。逃げようとしたのだ。

この一瞬の隙《すき》を向井がとらえた。

「逃がさぬ！」

声を上げざま、向井は踏み込んで刀を一閃《いっせん》させた。

踏み込みざま袈裟へ――。神速の太刀《たち》捌《さば》きである。

向井の切っ先が、背をむけた牢人の肩から背にかけて斬り裂いた。だが、向井の切っ先がとらえたのは、牢人の着物だけだった。牢人は素早い動きで向井から離れたため、切っ先がとどかなかったのだ。なかなかの身のこなしである。牢人は逃げ足が速く、見る間に向井から離れていく。

牢人が逃げるのを見た他の六人も、慌てて逃げ出した。

「逃がすか」

銀次は、近くにいた遊び人ふうの男の前にすばやくまわり込み、まろほしの槍穂を男の喉元に突き付けた。

ヒイッ！

と、悲鳴を上げ、男は身を硬直させてその場につっ立った。

そこへ、松吉と浅吉が走り寄り、男の両腕をとって押さえ付けた。

「縄をかけろ！」

銀次が、松吉たちに声をかけた。

松吉と浅吉は、男の腕を後ろにとって早縄をかけた。そして、騒ぎ立てないように猿轡《さるぐつわ》もかました。素早い動きである。

「逃げ足の速いやつらだ」

銀次が逃げていく男たちの背に目をやって言った。

「引き上げるか」

向井が銀次に声をかけた。

銀次たちは人気《ひとけ》のない路地をたどり、捕らえた男を薬研堀からそれほど遠くない米沢町三丁目にある番屋に連れ込んだ。番屋は自身番のことである。

銀次は、同心の島崎に捕らえた男を引き渡す前に、ふたりの娘を攫った黒幕と娘たちの監禁場所を訊いておこうと思ったのだ。

番屋には、家主と番人がふたりいた。戸口近くには提灯《ちょうちん》と、捕物のおりに使われる捕物三具と呼ばれる刺叉《さすまた》、突棒《つくぼう》、袖搦《そでがらみ》などが掛けてあった。

銀次が家主に、定廻り同心の島崎の名を出し、

「島崎の旦那に引き渡す前に、この男に訊きたいことがあるので、ここを使わせてもらいたい」

と、話した。

「使ってくだされ」

すぐに、家主は承知した。

銀次たちは、捕らえた男を番屋の奥の座敷に連れ込んだ。そこは、捕縛した者を吟味《ぎんみ》する場でもあった。

「おめえの名は」

銀次は、名前から訊いた。

「……………」

男は蒼《あお》ざめた顔で、虚空《こくう》を見つめたまま何も言わなかった。体が、小刻みに顫《ふる》えている。

「いまさら名を隠すこともないだろう。おれの名は、銀次だ。おめえの名は」

「猪之助《いのすけ》で」

男が名乗った。

「おめえも人攫い一味か、それとも政造に声をかけられて手を貸しただけか」

銀次は、男に喋《しゃべ》らせるために、わざと一味と断定せずに訊いた。

「お、おれは、人攫い一味じゃァねえ」

猪之助が身を乗り出して言った。

「それじゃァ、隠すことはねえな」

「…………」

「いっしょにいた政造は、おめえの仲間か」

銀次が訊くと、猪之助は戸惑うような顔をして口をつぐんでいたが、

「薬研堀の小料理屋で知り合ったんでさァ」

と、小声で言った。

「それだけの仲なら、隠すことはないな。……政造の親分は、だれだい」

銀次が猪之助を見すえて訊いた。

「し、知らねえ」

猪之助が声をつまらせた。

「おい、政造たちの仲間じゃァねえんなら言えるだろう。それに、政造たちが何をしてたかも知っているはずだぞ。小料理屋で、話が出てたはずだからな」

「……！」

猪之助の顔から血の気が引き、体の顫えが激しくなった。

「猪之助、人攫い一味じゃァねえなら話せるはずだぞ」

銀次が語気を強くして言った。

「じ、甚蔵《じんぞう》親分と聞きやした」

猪之助が声を震わせて言った。

「甚蔵だと！」

銀次の声が大きくなった。

「闇の甚蔵か」

すぐに、銀次が訊き直した。

「そ、そうでさァ」

「生きていたのか」

銀次は、闇の甚蔵と呼ばれる男を知っていた。甚蔵は、四、五年前、子分たちを使って、浅草や両国界隈の商家を脅して金を強請《ゆす》ったり、娘を攫って身の代金を奪ったりしていた。甚蔵は表に姿をあらわさないことから、仲間内から闇の甚蔵と呼ばれていた。

ところが、甚蔵が子分たちと大川端の料理屋にいるのを突き止められ、捕方に襲われた。五、六人いた子分たちは残らず捕縛されたが、甚蔵だけが大川に飛び込んで捕縛されなかったのだ。

大勢の捕方が大川沿いを探索し、大川に舟まで出して甚蔵を探したが、とうとう突き止められなかった。

甚蔵の捕縛にあたった町奉行所の与力や同心たちは、その後も甚蔵の行方が知れず、また、目撃者もいなかったので、甚蔵は川に流されて死んだと判断した。

「甚蔵の居所《いどころ》を聞いているか」

銀次が声をあらめた訊いた。

「し、知らねえ。嘘《うそ》じゃァねえ。甚蔵親分は用心深くて、塒《ねぐら》はだれにも話さねえんだ。政造兄いも居所は知らねえと言ってやした」

「そうか」

銀次は、用心深い甚蔵なら政造にも居所を教えないだろうと思った。

「攫った娘たちを監禁している場所はどこだ」

銀次が語気を強めて言った。

「知らねえ。おれは聞いてねえんだ」

猪之助が向きになって言った。

「うむ……」

銀次は、猪之助が嘘を言っているとは思わなかった。

「ところで、今日、おれたちを襲ったなかに、政造といっしょに娘を攫った一味の者がいるな」

銀次が声をあらためて訊いた。

猪之助は戸惑うような顔をして口をつぐんでいたが、

「甚三郎《じんざぶろう》の兄いでさァ」

と、小声で言った。

猪之助によると、甚三郎は政造の兄貴格だという。

「どんな男だ」

「親分に頬を斬られた男でさァ」

「あいつか！」

銀次が、まろほしの穂先で頬を抉《えぐ》った男である。

「あいつの居所は」

すぐに、銀次が訊いた。

「佐久間町で、和泉橋の近くと聞きやした」

「長屋か」

「あっしは行ったことがねえんで、分からねえ」

「そうか」

銀次は、和泉橋の近くと分かっているので、何とか突き止められると思った。

七

「向井の旦那、猪之助に訊くことがありやすか」

銀次が向井に目をやった。

「おれと立ち合った牢人のことが訊きたい」

そう言って、向井は猪之助の前に腰を下ろした。

「牢人の名は」

向井が訊いた。

「笠原源之助《かさはらげんのすけ》と聞きやした」

「笠原な」

向井は、知らないらしく首を捻った。

「ところで、一味にいる武士は笠原だけか」

さらに向井が訊いた。

「あっしは、見たこともねえが、もうひとりいると聞きやした」

「そやつの名は」

「赤尾《あかお》の旦那とだけ聞いてやす」

「赤尾な。そやつも、牢人か」

「そうでさァ。仲間内の噂じゃァ、赤尾の旦那は腕が立ち、甚蔵親分のそばにいることが多いと聞いてやす」

「赤尾の居所は、知るまいな」

「知りやせん」

「そうか」

向井は、猪之助の前から身を引いた。

銀次と向井の訊問《じんもん》が終わり、松吉と浅吉が猪之助を縛った縄を確かめていると、

「あっしを帰《けえ》してくだせえ。知っていることは、みんな話しやした」

と、猪之助が銀次に縋るような目をむけて言った。

「八丁堀の旦那にな、猪之助は政造の仲間だが、人攫いにはかかわりはねえと話しておくよ」

銀次はそう言い置いて、番屋の奥の座敷から出た。

その日、銀次たちは暗くなってから池之端にもどった。遅くなったが、おきみは銀次と向井のために、夕餉《ゆうげ》の支度をしてくれた。松吉と浅吉は、それぞれの塒《ねぐら》に帰っている。

翌朝、陽《ひ》がだいぶ高くなってから、向井と松吉が嘉乃屋に姿を見せた。

「向井の旦那、朝めしは」

銀次が訊いた。

「それがな、まだ、なんだ」

向井が照れたような顔をして言った。

すると、銀次の脇にいたおきみが、

「すぐ、支度をしますからね」

と言い残し、板場にもどった。おきみは、向井が朝めしを食べないでくると見込んでいて、めしも菜も用意してあったのだ。

おきみは、いっときすると食膳を運んできた。

「いつも、すまんな」

向井は箸《はし》を取ると、旨《うま》そうにめしを食い、汁をすすった。

向井が朝めしを食べ終えると、

「出かけやすか」

銀次が、向井に声をかけた。

銀次たち三人は、これから佐久間町に行くつもりだった。甚三郎の居所をつきとめて捕らえるためである。

銀次たちは、下谷広小路に出て御成街道を南にむかった。そして、神田川沿いの通りに出ると、東に足をむけた。すでに、陽《ひ》は高くなっていた。神田川沿いの通りには、ちらほら人影があった。見掛けるのは、近所の住人らしい者や供連れの武士である。

いっとき歩くと、前方に神田川にかかる和泉橋が見えてきた。

「浅吉がいやす」

松吉が前方を指差して言った。

浅吉は、橋のたもとの岸際に立っていた。銀次たちの来るのを待っていたようだ。浅吉は、橋のたもとで銀次たちを待っていることになっていたのだ。

銀次たちは、橋のたもとで浅吉と顔を合わせた。

「猪之助の話だと、甚三郎はこの橋の近くに住んでいるとのことだった」

銀次が言った。甚三郎は、佐久間町とも言っていたので、橋を渡った先ではない。

「手分けして探すか」

向井が言った。

「そうしやしょう」

神田佐久間町は、一丁目から三丁目まであった。広い町で、佐久間町と分かっているだけでは、探すのがむずかしい。

銀次たち四人は、一刻（二時間）ほどしたら、また和泉橋のたもとに集まることにしてその場で別れた。

銀次はひとりになると、川沿いにひろがる一丁目にいってみた。そして、人影の多い路地を選んで歩き、地元の住人らしい男を目にすると、声をかけ、甚三郎の名を出して訊いてみた。だが、甚三郎のことを知る者はいなかった。

一膳めし屋や縄暖簾を出した飲み屋などの目につく人通りの多い路地に入って、

通りかかった遊び人ふうの男に、甚三郎のことを訊くと、

「甚三郎の名は、聞いたことがありやす」

男が声をひそめて言った。

「住処《すみか》は知っているか」

銀次は甚三郎の塒が知りたかった。

「二丁目と聞きやしたが、塒がどこにあるのかは知りやせん」

男はそう答えて、銀次から離れた。

銀次は、すでに一刻ちかく経っているので、二丁目には行かず、和泉橋のたもとにもどることにした。

橋のたもとに、向井と浅吉の姿があった。銀次は、ふたりに甚三郎の塒が知れたか訊くと、ふたりとも摑めなかったと答えた。

「塒は二丁目にあるようだ」

銀次が言うと、

「松吉が二丁目にまわったようだぞ」

向井が身を乗り出して言った。

八

「来たぞ、松吉が」

向井が声高に言った。

見ると、松吉が小走りにやってくる。

松吉は銀次たちのそばに来るなり、

「知れやしたぜ、甚三郎の塒が」

と、息を弾ませて言った。

「知れたか！」

銀次が声を上げた。

「へい、御徒町《おかちまち》通りから、ちょいと入《へえ》った先の長屋でさァ」

「甚三郎は、長屋にいるのか」

「いるかどうか分からねえ。やつの塒だけ見て、もどったんでさァ」

「行ってみよう。松吉、連れていってくれ」

銀次たちは、松吉の先導で御徒町通りを北にむかった。佐久間町二丁目も、広い町だった。

松吉は神田松永町を過ぎると、左手の通りに入った。通りの右手に、二丁目の家並がつづいている。

松吉は、通り沿いにあった八百屋の脇に足をとめ、

「そこの路地木戸を入った先の長屋でさァ」

と言って、斜《はす》向かいにある路地木戸を指差した。路地木戸の先に、棟割《むねわ》り長屋が二棟並んでいる。

「松吉、甚三郎の家は分かっているのか」

銀次が訊いた。

「分かっているのは、あの長屋がやつの塒らしいことだけでさァ」

「甚三郎が長屋にいるかどうか、探ってくるか」

そう言って、銀次が路地木戸の方へ歩きかけたとき、ふいに足がとまった。

路地木戸から、子供連れの女が出てきたのだ。長屋に住む親子らしい。ふたりは、銀次たちの方へ歩いてくる。

「あの女に、訊いてくる」

銀次は、ひとりで子供連れの女に近付いた。

子供は、五、六歳と思われる女の子だった。丸顔で、目の細いところが何となく母親に似ている。

「ちょっと、すまねえ」

銀次が女に声をかけた。

「な、なんです」

女が不安そうな顔をした。いきなり、見ず知らずの男に声をかけられたからだろう。

「なに、てえしたことじゃァねえんだ。そこの長屋にな、甚三郎という男が住んでいると聞いて来てみたのだ。……大きな声じゃァ言えねえが、甚三郎に金を貸したことがあってな。すこしでも返してもらえねえかと思って、来てみたのよ」

銀次は適当な作り話を口にした。

「長屋にいますよ」

女は顔をしかめた。甚三郎のことを嫌っているのかもしれない。

「甚三郎は独《ひと》り暮しかい」

銀次が世間話でもするような口調で訊いた。

「いまは、独りですよ」

女によると、甚三郎は若い女を連れ込んでいっしょに暮していたが、半年ほど前、女は居なくなり、いまは独りで住んでいるという。

「長屋のみんなは、女郎屋にでも売り飛ばしたんじゃァないかと噂してるんですよ」

女は露骨に嫌悪の色を浮かべた。

「それで、甚三郎の家は、長屋のどこだ」

銀次が声をあらためて訊いた。

「路地木戸を入ると、すぐですよ」

女が、手前の棟のとっつきの家だから、すぐに分かると言い添えた。

「すまねえな、足をとめさせちまって」

銀次はそう声をかけ、女から離れた。

銀次は向井たちのいる場にもどり、

「甚三郎の家が知れた。独りらしいので、捕らえよう」

と、声をかけた。銀次は、甚三郎を捕らえるいい機会とみたのである。

銀次たち四人は、すこし間を取って歩き、長屋の路地木戸にむかった。

路地木戸をくぐると、正面に井戸があった。井戸端に、人影はなかった。その井戸の先に突き当たりの棟《むね》があり、すこし間を置いて西側にもう一棟並んでいた。

銀次たちは、突き当たりの棟に足をむけた。そして、棟の端まで来ると、とっつきの家の前に足音を忍ばせて近付いた。そこが、甚三郎の家と聞いたのだ。

腰高障子の向こうから、座敷を歩くような足音が聞こえた。甚三郎かもしれない。

銀次は腰高障子の破れ目から、なかを覗《のぞ》いてみた。座敷のなかほどに胡座《あぐら》をかいている男の姿が見えた。

……甚三郎だ！

銀次は、その顔に見覚えがあった。甚三郎である。頰に傷があった。銀次のまろほしで傷ついたのだ。出血はとまっていたが、傷は生々《なまなま》しかった。

甚三郎は貧乏徳利を膝先に置き、湯飲みで酒を飲んでいた。家のなかに、他の人影はなかった。

銀次は懐から十手を取り出した。相手は甚三郎ひとりなので、まろほしを遣うまでもないと思ったのだ。

「踏み込むぞ」

銀次は口だけ動かして、脇にいる向井たちに知らせてから腰高障子をあけはなった。

銀次、向井、松吉、浅吉の四人が、次々に土間に踏み込んだ。

甚三郎はいきなり踏み込んできた銀次たちを見て、湯飲みを手にしたまま凍りついたように身を硬くしたが、

「てめえたちは！」

と叫び、立ち上がって戸口へ飛び出そうとした。

そこへ、向井が手にした刀の切っ先を甚三郎に突き付け、

「動くと斬るぞ！」

と、声高に言った。

甚三郎はその場につっ立ったまま目を剝き、身を顫わせた。

「縄をかけろ！」

銀次が指示すると、松吉と浅吉が甚三郎の両腕を後ろにとって縛り上げた。

「甚三郎、ここに腰を下ろせ」

銀次が声をかけた。甚三郎を連れ出すと、多くの人の目につくので、暗くなるまでこの家で話を聞こうと思ったのだ。

九

銀次は、甚三郎を座敷のなかほどに座らせた。銀次が正面に立ち、向井、松吉、浅吉の三人で取り囲んだ。

「傷は痛むか」

銀次が、甚三郎の頬に目をやって訊いた。

「てめえのお蔭《かげ》で、顔に傷がついちまったぜ」

甚三郎が顔をしかめて言った。

「頬の傷だけでよかったと思え。まろほしで喉を狙ったら、いまごろおめえの命はなかったぜ」

「……！」

甚三郎の顔が、こわばった。

「訊きたいことがある」

銀次が声をあらためて言った。

甚三郎は、無言で虚空を睨《にら》むように見すえている。

「おまえたちの頭目の名は」

銀次は、猪之助から聞いていたが、念のために訊いてみたのである。

「………」

甚三郎は銀次に顔をむけたが、何も言わなかった。

「甚蔵ではないか」

銀次が甚蔵の名を出した。

甚三郎は驚いたような顔をして銀次を見たが、

「猪之助の野郎が、吐きゃァがったのか」

と、顔をしかめて言った。どうやら、甚三郎は猪之助が捕らえられたことを知っているらしい。

「甚蔵の居所は、どこだ」

銀次が甚三郎を見すえて訊いた。

「知らねえ。嘘じゃァねえ。親分は、おれにも居所は教えなかったんだ」

甚三郎が向きになって言った。

「おめえたちに娘を攫うように指図したのは、甚蔵じゃァねえのか」

「そうだ」

「そのとき、甚蔵の隠れ家に集まったはずだぞ」

銀次が語気を強くして言った。

「隠れ家じゃァねえ。親分がおれたちに指図するときは料理屋に呼び出し、そこで会ってたんだ」

「料理屋だと」

「そうだ」

甚三郎によると、浅草並木町にある福乃屋《ふくのや》という料理屋に呼び出されることが多かったという。

「福乃屋な」

銀次は、福乃屋に当たっても甚蔵の居所は知れないと思ったが、念のため話を聞いてみることにした。

「ふだん、甚蔵のそばにいる者がいるな」

銀次が声をあらためて言った。甚蔵の腹心は、居所を知っているはずである。

「………」

甚三郎は、無言でちいさくうなずいた。

「だれだい」

「赤尾の旦那で……」

「赤尾か」

銀次は、猪之助が赤尾が甚蔵のそばにいることが多いと話したのを思い出した。

「赤尾は、甚蔵といっしょに住んでいるのではないな」

銀次は、牢人がいっしょに住んでいれば、目立つのではないかと思ったのだ。

「赤尾の旦那は、駒形町に住んでると聞いてやす」

「駒形町のどこだ」

浅草駒形町は、駒形堂があることで知られ、浅草寺からも近く賑やかな町だった。駒形町と分かっただけでは、探すのがむずかしい。

「どこか分からねえが、料理屋の離れと聞きやしたぜ。親分も、そこに身を隠していることがあるそうでさァ」

「駒形町か」

銀次は、料理屋の離れをつきとめれば、赤尾と甚蔵の居所が知れるのではないかと思った。

「ところで、攫ったふたりの娘は、どこに監禁されているのだ」

銀次が声をあらためて訊いた。

「し、知らねえ」

甚三郎が声をつまらせて言った。

「おまえは、富永屋のおきよと松島屋のお春を攫ったとき、いっしょにいたはずだぞ」

「あっしは、駒形町までいっしょにいっただけだ」

「赤尾の住処か」

「ちがいやす。川向こうと、聞いてやす」

「どういうことだ」

「駒形町から舟に乗せて、川向こうに運んだらしいんでさァ」

甚三郎は隠さずに話すようになった。銀次とやり取りをしているうちに、隠す気が薄れたようだ。

「本所《ほんじょ》か」

「そう聞いてやす」

「どうやら、一味の主だった者たちは、駒形町に身を隠しているようだ」

銀次が言った。甚蔵の隠れ家があるだけでなく、攫った娘を舟で本所に運んだのも駒形町からである。舟の船頭も、駒形町にいるのではあるまいか。

銀次が口をつぐむと、

「ところで、笠原源之助の塒はどこだ」

向井が訊いた。

「やはり、駒形町と聞きやしたが、どこか知りやせん」

甚三郎が小声で言った。

向井はそれだけ訊くと、甚三郎から身を引いた。

銀次たちは、甚三郎から一通り話を聞き終えると、長屋が夜陰につつまれるのを待って連れ出した。一旦、銀次の住む池之端仲町にある番屋に連れていき、頃合を見て島崎に引き渡すつもりだった。

第三章　黒幕

一

銀次たちが甚三郎を捕らえて話を訊いた夜、松島屋の益蔵とあるじの庄蔵が人目を忍ぶようにして嘉乃屋《よしのや》を訪ねてきた。

庄蔵はひどくやつれていた。頰の肉がげっそりと落ち、目が落ちくぼんでいた。娘のことで、夜も眠れないのだろう。

「お、親分さんに、お話ししたいことがございます」

庄蔵が声を震わせて言った。

「店で聞くわけには、いかねえ。客がいるんでな」

嘉乃屋には、客がいた。客の目にとまるだろう。

「どうだ、池之端《いけのはた》を歩きながら話すか」

幸い、月夜だった。銀次は不忍池《しのばずのいけ》沿いの道を歩きながら話すのも悪くないと思った。それに、道沿いには、料理屋や料理茶屋などもあったので、三人が話しながら歩いていても、不審を抱く者はいないだろう。

銀次はおきみに、「ちょいと、出掛けてくる」とだけ耳打ちし、庄蔵たちを連れて嘉乃屋から出た。

銀次は池沿いの道に出ると、

「話してくれ」

と、庄蔵と益蔵に目をやって言った。

「じ、実は、元吉が殺された日、娘のお春が攫われたのでございます」

庄蔵が、涙声で言った。

「端《はな》からそうみていたよ」

銀次が言った。

「そ、そうですか」

庄蔵は驚いたような顔をしたが、益蔵はちいさくうなずいただけだった。おそらく、益蔵は、娘が攫われたことを銀次は知っているとみていたのだろう。

「その後、娘のことで何かあったのか」

銀次が話の先をうながした。銀次は、その後、松島屋でどんな動きがあったのか、聞いていなかったのだ。

「は、はい、いろいろございました」

庄蔵が言った。

「話してくれ」

「実は、娘が攫われてから五日後の夜、ふたりの男が客を装って店に来ました」

そう前置きして、庄蔵が話しだした。

ふたりの男は、娘を預かっているので、帰して欲しいなら、七百両出せ、と要求したそうだ。

庄蔵が、店には七百両もの大金は置いてないと答えると、ふたりの男は三日後に取りに来るから用意しておけと言って、その夜は帰ったという。

三日後、庄蔵は何とか七百両を工面《くめん》し、「娘と引き換えに、金を渡す」とふたりの男に言ったそうだ。

するとふたりは、「おれたちを信用できないなら、金はいらねえ。その代わり、娘は今夜の内に始末して死体は大川に流す」と言って、凄んだという。

「ふ、ふたりが、明日娘を連れてくると約束したので、七百両を渡しました」

庄蔵が声を震わせて言った。そのときのことが、胸に蘇《よみがえ》ったのだろう。

「それで、どうした」

銀次が話の先をうながした。

「ところが、娘を帰すどころか、ふたりはまったく姿を見せないのです」

庄蔵が、声をつまらせて言った。

「ふたりは、それきり姿を見せないのか」

銀次が訊いた。

「いえ。それが、半月ほどして、ふたりがひょっこり店に姿を見せたのです」

庄蔵はそこで話を切ると、いっとき胸の動揺を押さえるように、無言で歩いていたが、

「む、娘を帰して欲しければ、さらに、五百両出せと……」

そう言った後、口をつぐんでしまった。胸に不安と怒りが込み上げてきて、話ができなくなったらしい。

するると、庄蔵に代わって益蔵が、

「やむなく、店にあった百両ほどの金をふたりに渡し、これでお嬢さんを帰してくれ、と頼んだのです」

と、話した。

「帰すと、約束したのだな」

銀次が歩調を緩《ゆる》めて訊いた。

「はい、ふたりの男は娘を連れて来ると言い残して、百両持って帰りました。その後、数日過ぎましたが、お嬢さんを帰してくれるどころか、ふたりはまったく姿を見せないのです」

益蔵が言った。

「富永屋と同じだな」

銀次は、庄蔵と益蔵から話を聞いても驚かなかった。そんなことになるのではないかとみていたのである。

庄蔵が足をとめ、銀次を見つめながら、

「お、親分さん、お春を助けてください」

と、涙声で訴えた。

「おれと会って、お春のことを頼んだことは、だれにも話すな」

銀次は、そうふたりに念を押した後、

「攫われた娘は、きっと連れ戻す。それまで、一味の者が金を取りに来たら、店にある金をいくらか渡し、娘を帰してくれ、と訴えるのだ」

と、言い添えた。いまは一味の者の言いなりになるふりをして、時を稼いでもらいたい、と銀次は思ったのだ。

「わ、分かりました」

そう言って、庄蔵が銀次に深々と頭を下げた。

銀次は、庄蔵たちとその場で別れた。人攫い一味の者に、松島屋の者と会っているところを見られたくなかったのだ。

二

翌朝、銀次が駒形町に行くつもりで、嘉乃屋で向井と松吉が来るのを待っていると、板場にいた与三郎が姿を見せ、

「親分、今日はあっしも連れてってくだせえ」

と、声をかけた。

すると、板場から顔を見せたおきみが、

「今日は、わたしひとりで大丈夫ですよ。与三郎さんが、昨日のうちに準備してくれたから」

と、銀次のそばに来て言った。

「それなら、与三郎もいっしょに来てくれ」

銀次が言った。今日は、人攫い一味の頭目である甚蔵の隠れ家があるとみている駒形町を探るつもりだった。どこに一味の目がひかっているか、分からなかった。与三郎が加わってくれれば、心強い。

銀次と与三郎が待っていると、向井と松吉が姿を見せた。向井たちも駒形町へ行くことになっていたのだ。

途中、下谷広小路に出たところで、浅吉が待っていた。浅吉も銀次たちといっしょに行くのである。

銀次たち五人は、広小路から廣徳寺の前の通りに出て浅草にむかった。そして、浅草寺の雷門の前の広小路を経て、浅草寺の門前通りに出た。いっとき門前通りを歩いて、並木町へ入った。

「駒形町へ行く前に、福乃屋を探ってみよう」

銀次が向井たちに言った。甚三郎から、甚蔵は料理屋の福乃屋に子分たちを集めて指図することが多かったと聞いていたのだ。

門前通りは、浅草寺の参詣客や遊山客などで賑わっていた。通り沿いには、料理屋、料理茶屋、置屋などが並んでいる。

銀次は福乃屋を探して歩くより訊いた方が早いと思い、通り沿いにあった紅屋の女あるじに、福乃屋はどこか訊いてみた。紅屋は、紅花など練り固めた口紅を貝殻《かいがら》や焼き物の小皿などに塗って売っている店である。

女あるじの話では、福乃屋は紅屋から一町ほど行った先の通り沿いにあるという。

「大きな料理屋さんなので、行けば分かりますよ」

と、女あるじが言い添えた。

銀次たちは、門前通りを歩いた。そして、一町ほど歩いたとき、通りの左手に二階建ての大きな料理屋があった。

銀次が店の前まで行って、入口に目をやると、掛け看板に「御料理　福乃屋」と書いてあった。

「この店だな」

銀次は、福乃屋の前で足をとめたが、すぐに歩きだした。向井たち四人も、店の前を通り過ぎた。人通りが多く、福乃屋の前で立ち止まっていると人目を引くのだ。

銀次たちは、福乃屋の前を通り過ぎてから路傍に集まり、半刻（一時間）ほどしたら、駒形堂の前に集まることにして、その場で別れた。別々になって、聞き込みに当たるのである。

ひとりなった銀次は、福乃屋の脇に細い路地があるのを目にして入ったみた。路地は福乃屋の裏手に通じていた。その路地を使って福乃屋の包丁人や下働きなどが出入りしたり、業者が店で使う酒や魚などを運び入れるのだろう。

銀次は路地にあった福乃屋の芥溜《ごみた》めの陰に身を隠し、話の聞けそうな者が背戸から出てくるのを待った。

銀次がその場に身を隠していっときすると、福乃屋の背戸の引き戸があいて、初老の男が野菜の屑《くず》を笊《ざる》に入れて運んできた。料理に使った滓《かす》を捨てにきたらしい。

銀次は初老の男が近付くのを待って、芥溜めの脇から顔を出した。

初老の男は驚いたような顔をして立ち止まり、

「な、なんだい、おめえさんは」

と、声をつまらせて訊いた。

「すまねえ、驚かせちまったな」

銀次は笑みを浮かべて男に近付き、

「ちょいと、訊きてえことがあってな」

そう言うと、巾着《きんちゃく》から銭を何枚か摘《つま》み出し、「とっといてくれ」と言って、男に握らせてやった。銀次は銭を摑《つか》ませれば、話すとみたのである。

「何が訊きてえんだい」

男が目を細めて言った。

「でけえ声じゃァ言えねえが、この店に甚蔵親分が顔を見せることがあると聞いてきてみたのよ」

銀次が甚蔵の名を出すと、男の顔が急に厳しくなった。

「おれは甚蔵親分に、世話になったことがあってな。店に来ることがあったら、挨拶だけでもしてえと思ったのよ」

銀次が穏《おだ》やかな声で言った。

「来ることはあるよ。この店は、いろんな男が来るからな」

男が言った。

「おめえも、甚蔵親分の居所までは知らねえだろうな。せっかく近所まで来たんで、親分に挨拶だけでもしてえが」

「居所なら知ってるぜ」

男が言った。

「知ってるかい」

思わず、銀次は男に身を寄せた。

「駒形町よ」

男が顎《あご》を突き出すようにして言った。

「おれも、駒形町と聞いたことがあるな。料理屋の離れじゃァねえのかい」

銀次は、甚三郎から赤尾の隠れ家が料理屋の離れで、そこに甚蔵も身を隠していることがあると聞いたのだ。

「おめえ、よく知ってるじゃァねえか。料理屋の離れだよ」

「その料理屋の名は、分かるかい」

銀次は、料理屋が知れれば、すくなくとも赤尾の居所はつかめると思ったのだ。

「大黒屋《だいこくや》だよ」

男によると、大川端《おおかわばた》沿いにある店だという。

「とっつァん、手間を取らせたな」

そう言い置いて、銀次は路地を引き返した。

銀次は表通りに出ると、急いで駒形堂にむかった。すでに、半刻は過ぎているのではあるまいか。

三

駒形堂の前は、参詣客や遊山客で賑わっていた。その堂の前に、向井、松吉、浅吉、それに与三郎の姿があった。

銀次は向井たちのそばまで行くと、

「歩きながら話すか」

と言って、大川端沿いの道に足をむけた。そこは人通りが多く、四人もで集まって話していると人目を引くのだ。

銀次は、川下にむかって歩きながら、

「何か知れたか」

と、向井たち四人に目をやって訊いた。

「駄目だ。甚蔵のことは何も聞けなかった」

向井が言うと、他の三人も収穫がなかったことを口にした。

「赤尾の居所が知れたぜ。そこに、甚蔵がいるかもしれねえ」

銀次が言った。

「どこです」

松吉が身を乗り出すようにして訊いた。

「駒形町だ。この川沿いにある大黒屋という料理屋の離れらしい」

「大黒屋は、どの辺りにあるんで」

松吉が訊いた。

「そこまでは、分からねえ」

「あっしが訊いてきやしょう」

松吉がそう言って、大川沿いの通りに目をやった。

「あの船頭に、訊いてきやす」

松吉は、小走りに川下にむかった。通りの先に、ふたりの船頭らしい男が見えた。こちらに歩いてくる。

松吉はふたりの船頭と肩を並べて何か話していたようだが、いっときすると、船頭たちと離れ、銀次たちのそばにもどってきた。

「大黒屋は知れたか」

すぐに、銀次が訊いた。

「へい、この川沿いの通りを二町ほど行くと、川沿いにあるそうでさァ。二階建ての大きな店だそうですぜ」

「行ってみよう」

銀次たちは川下に向かった。

大川沿いの道は、行き来するひとの姿が多かった。浅草寺の参詣客や遊山客、それに旅人もいるようだった。大川沿いの道は、日光街道と並行していた。それで、日光方面に向かう旅人のなかに、心地《ここち》好い川風の吹く、川沿いの道を通る者がいるのだろう。

「あれだ！」

銀次が前方を指差した。

道沿いに、二階建ての料理屋らしい店があった。道を隔てた店の前には栈橋《さんばし》があり、二艘《そう》の猪牙舟《ちょきぶね》が舫《もや》ってあった。大黒屋の栈橋であろうか。客の送迎を舟でやることもあるのだろう。

「裏手には、離れもありそうだ」

向井が言った。

店の裏手もひろく、松や紅葉《もみじ》などの庭木が植えてあった。建物は見えなかったが、離れもありそうだ。

「どうしやす」

松吉が訊いた。

「まず、離れがあるかどうか確かめ、赤尾の他に、甚蔵がいるかどうか探ってくれ。気付かれないように、大黒屋からすこし離れた場所で訊いた方がいいな」

銀次は、赤尾や甚蔵に大黒屋を探っていることが知れれば、すぐに隠れ家を変えるのではないかとみたのだ。

銀次たちは、一町ほど川上にあったちいさな船寄《ふなよせ》の前に、半刻（一時間）ほどしたら集まることにしてその場で別れた。

ひとりになった銀次は、川下にむかって歩いた。大黒屋からすこし離れた場所で、話を訊いてみようと思ったのだ。

銀次はいっとき歩くと、川下の方からふたり連れの船頭らしい男が歩いてくるのを目にとめた。

銀次はふたりが近付くのを待って、

「ちょいと、すまねえ」

と、声をかけた。

「何か用かい」

赤銅《しゃくどう》色の肌をした大柄な男が、うさん臭そうな顔をして訊いた。

「訊きてえことがあってな」

「何を訊きてえ」

「歩きながらでいいぜ。足をとめさせちゃァ申し訳ねえからな」

そう言って、銀次はふたりの男と肩を並べて歩きながら、

「そこに、料理屋の大黒屋があるな」

と、前方を指差して言った。

「あるよ」

もうひとりの眉の濃い男が、素《そ》っ気《け》なく言った。

「大黒屋には、離れがあったな」

銀次が訊いた。

「おめえ、何でそんなことを訊くんだ」

大柄な男が不審そうな顔をした。

「いや、半年ほど前、おれがならず者たちに絡まれたとき、通りかかった二本差しに助けられたことがあってな。その二本差しは赤尾ってえ腕のたつ方で、大黒屋の離れにいると聞いたのだ」

銀次は、ふたりを信用させるために赤尾の名も出した。

「離れは、あるよ」

大柄な男が、声をひそめて言った。顔の不審そうな色が消えている。

「赤尾の旦那は、いるかい」

銀次も小声で言った。

「いるようだ」

「そうか。……ちょいと、挨拶でもしてくるかな」

銀次はそう言った後、大柄な男に身を寄せて、

「甚蔵親分は、どうだい。赤尾の旦那から、甚蔵親分もいっしょだと聞いたのだ」

と、声をひそめて訊いた。

「知らねえ。おれは、甚蔵親分のことは知らねえ」

大柄な男は、急に足を速めた。甚蔵のことを恐れているらしい。余計なことを話したことが、甚蔵一味に知れると、ただでは済まないと思っているようだ。

銀次が、もうひとりの眉の濃い男に訊こうとすると、

「おれも、甚蔵親分のことは知らねえぜ」

と言い置き、大柄な男の後を追った。

銀次は川岸近くで足をとめ、ふたりの姿を見送った後、さらに通りかかった近所の住人らしい男に訊いてみた。男は赤尾のことは話したが、甚蔵のことはまったく口にしなかった。

四

銀次は川上に向かって歩いた。集まることにしてあった船寄の前に、向井と浅

吉の姿はあったが、松吉と与三郎は、まだ来ていなかった。

銀次たちがいっとき待つと、松吉と与三郎が小走りにもどってきた。

銀次はふたりがそばに来るのを待って、

「どうだ、そばでも食いながら話さないか」

と、声をかけた。すでに、陽は西の空にかたむいていた。八ツ（午後二時）を過ぎているのではあるまいか。

「いいな」

すぐに、向井が同意した。

銀次たちは川上にむかって歩き、駒形堂の近くまで来て、道沿いにあったそば屋の暖簾をくぐった。

応対に出た小女に、座敷があいているか訊くと、二階の座敷ならあいているとのことだった。銀次たちは、そばと酒を頼んだ。喉も渇《かわ》いていたので、酔わない程度に飲むつもりだった。

先に酒がとどき、喉を潤《うるお》したところで、

「大黒屋の離れのことで、何か知れたか」

と、銀次が切り出した。

「離れに、赤尾がいることは知れたが、甚蔵のことはまったく分からん」

向井が言うと、

「あっしも、耳にしたのは赤尾のことだけでさァ」

松吉が言い添えた。

「おれも、そうだ。ふたりは、甚蔵のことを聞かなかったか」

銀次が、与三郎と浅吉に目をやって訊いた。

「甚蔵のことを聞きやした」

浅吉が身を乗り出して言った。

「話してくれ」

「あっしが訊いたのは、大黒屋の近くの長屋に住んでる大工でしてね。そいつが、甚蔵は離れにいることがあるようだ、と言ってやした」

「甚蔵は、いまもいるのか」

「大工の話だと、いまはいねえそうで」

「行き先は、分かるのか」

「それが、分からねえんで」

浅吉が小声で言った。

「あっしも、同じようなことを聞きやした」

与三郎がそう言った後、甚蔵が店の前の桟橋から舟で出るのを見掛けた者がいることを言い添えた。

「舟の行き先は」

銀次が訊いた。

「あっしも、舟の行き先を訊いたんですがね。話を聞いた男は、舟で出掛けるところを見ただけで、行き先は分からねえんでさァ」

「そうか」

銀次は、いずれにしろ、いま離れにいるのは、赤尾だけらしいと思った。

「親分、どうしやす」

松吉が訊いた。

すると、黙って聞いていた向井が、

「離れに踏み込んで、赤尾を捕らえたらどうだ。赤尾を締め上げて、甚蔵の行き先をつきとめればいい」

と、意気込んで言った。

「ですが、離れに踏み込んで赤尾を捕らえれば、すぐに甚蔵の耳に入《へえ》りやすぜ。……甚蔵は赤尾から居所が知れるのを恐れて、別の場所に身を隠すはずでさァ。それに、ふたりの娘の監禁場所も変えるかもしれない」

そうなると、さらにふたりの娘の居所を探すのがむずかしくなる、と銀次は思った。

「どうです、赤尾を泳がせて、甚蔵の居所とふたりの娘の監禁場所をつかんだら」

与三郎が、言った。

「それがいいな」

銀次たちは、大黒屋の離れを見張り、赤尾や子分たちが姿を見せたら、跡を尾けて行き先をつきとめることにした。

銀次たちは、交替で大黒屋を見張ることになった。

最初は銀次と松吉だった。ふたりは、大黒屋から半町ほど離れた柳の樹陰に身を隠した。その柳は大川の岸際に植えてあり、枝葉を茂らせていたので、通りを行き来するひとからは見えにくかった。

一方、向井、与三郎、浅吉の三人は、大黒屋から離れた場所で、聞き込みにあたることになった。

「親分、離れから出て来やすかね」

松吉が大黒屋の方に目をやりながら言った。

その場から離れを見ることはできなかったが、離れから通りに出てくる者の姿は見えるはずだった。

「分からねえ。気長に待つしかねえな」

銀次は、長丁場になるとみた。ただ、だれがいるにしろ、離れに入ったきりとは思えなかった。そのうち出てくるはずである。


大黒屋の前にある桟橋から、銀次と松吉に目をやっている男がいた。

すこし前、男は猪牙舟で大川を横切り、桟橋に着いたのだ。そして、桟橋から通りに出る石段のところまで来たとき、柳の陰にいる銀次と松吉を目にした。

……あのふたり、あそこで何をやってるんだ。

当初、男はそう思い、石段に足をとめ、あらためて銀次たちに目をやった。

そして、ふたりが交替で、大黒屋に目をやっているのを見て、ふたりが大黒屋を見張っていると気付いた。

男はいっとき銀次たちに目をやっていたが、離れにいる者に知らせた方がいいと思った。

男は大黒屋の裏手に通じている小径《こみち》をたどり、離れにいた赤尾と権八《ごんぱち》という男に知らせた。

権八も甚蔵の子分だが、ひと攫いにはくわわらず、親分の甚蔵や赤尾といっしょにいることが多かった。

男から話を聞いた権八は、

「おれが、様子を見てくる。竹吉《たけきち》、連れてってくれ」

と、船頭に言った。船頭の名は、竹吉らしい。

「こっちで」

竹吉が先にたち、ふたりは大黒屋の裏手の小径をたどって様子を見にいった。

竹吉と権八はすぐにもどってきた。そして、権八が、

「やつら、この離れを見張ってやすぜ。名は知らねえが、岡っ引きとみていいようで」

と、目をひからせて言った。

「この離れに、気付いたわけか」

赤尾が言った。

「始末した方がいいですぜ」

「ふたりの他にも、いるかもしれん。……権八、竹吉、ふたりでしばらく様子を見てな。この離れを見張っているやつが、何人ぐらいいるかつきとめろ」

赤尾が語気を強くして言った。

五

「親分、だれも出てこねえ」

松吉が生欠伸《なまあくび》を嚙《か》み殺して言った。

「気長に待つしかねえ」

銀次と松吉が、柳の樹陰で大黒屋の離れを見張り始めてから半刻（一時間）ほど過ぎていた。まだ、それほど長い時間ではなかったが、立ったまま大黒屋の脇を見ているだけなので飽きるのだ。

そのとき松吉が樹陰から身を乗り出し、

「親分、だれか出てきた！」

と、声高に言った。

大黒屋の脇から、男がひとり出てきた。小袖《こそで》の上に、印半纏《しるしばんてん》を羽織《はお》っていた。この男は権八だったが、銀次たちは権八のことをまだ知らなかった。

「店の奉公人だろう。店の用で、出掛けるのではないか」

銀次たちは、権八の跡を尾《つ》けなかった。

権八は、大川沿いの道を川上にむかって歩いていく。そして、大黒屋から離れると、急に足を速めた。

銀次と松吉は、大黒屋の見張りをつづけた。その後、大黒屋の脇から出てくる者はいなかった。

「親分、離れに踏み込んで、赤尾をお縄にして、締め上げた方が早えかもしれやせんぜ」

松吉が生欠伸を嚙み殺して言った。

「そうかもしれねえ」

銀次がそう言ったときだった。

通りの先に、三人の男の姿が見えた。ひとりは牢人体、ふたりは遊び人ふうである。

「おい、あの男、笠原ではないか」

銀次が、三人に目をやりながら言った。笠原源之助は人攫い一味のひとりで、銀次たちが薬研堀沿いの通りで闘ったひとりである。

「笠原だ！」

松吉がうわずった声で言った。

「おい、出てきたぞ」

銀次が大黒屋の脇に目をやって言った。

ふたりの男の姿が見えた。ひとりは赤尾で、もうひとりはいつもどったのか、さきほど出ていた印半纏を羽織った男だった。

「や、やつら、どこへ行く気だ」

松吉の声が震えた。

そのとき、大黒屋の脇から出てきた赤尾と印半纏を羽織った男が、川下の方に足早にむかった。そして、銀次たちの前を通り過ぎると、ふいに反転した。ふたりは銀次たちの方へ足早に歩いてくる。

「おれたちを狙っているようだぞ」

銀次が言った。

「挟み撃ちだ！」

松吉が、声を上げた。

川上から来る三人の男。川下から近寄ってくる赤尾と印半纏を羽織った男。五人の男は、左右から銀次たちに迫ってきた。挟み撃ちにするつもりらしい。

「お、親分、どうしやす」

松吉がひき攣《つ》ったような顔をして訊いた。

「やるしかねえ」

銀次は、素早く懐の革袋にしまってあったまろほしを取り出した。

松吉も懐から十手を取り出したが、その十手がワナワナと震えている。

……駄目だ！　太刀打ちできねえ。

銀次は胸の内で声を上げた。

川上から三人、川下からふたり、足早に迫ってきた。相手は五人、しかも武士がふたりいる。

「松吉、呼び子を吹け！」

銀次が叫んだ。

「へ、へい！」

松吉は懐から呼び子を取り出すと、顎《あご》を突き出すようにして呼び子を吹いた。

ピリピリピリ……。

甲高い呼び子の音が、辺りにひびいた。

その呼び子の音を耳にし、通りかかった者たちが、足をとめた。そして、柳の樹陰にいる銀次たちふたりと、川下と川上から迫る五人の男を見て、「捕物だ！」「大勢だぞ！」などと叫びながら、逃げ散った。巻き添えを食うのを恐れたらしい。

松吉は、必死になって呼び子を吹き続けている。

川上と川下からきた五人は、樹陰にいる銀次と松吉を取り囲むようにまわり込んできた。

銀次の近くに立った赤尾が、

「呼び子など、吹いても無駄だ。大川の流れの音に搔《か》き消されてしまうからな」

と、口許《くちもと》に薄笑いを浮かべて言った。

銀次は、赤尾の言うとおりかもしれないと思った。大川の轟々《ごうごう》という流れの音が呼び子の音を搔き消し、遠くまでとどかないだろう。

「出てこい！」

赤尾のそばにいた笠原が叫んだ。

だが、銀次と松吉は樹陰から出なかった。出れば、赤尾や笠原たちの餌食《えじき》になると分かっていたからである。

このとき、向井、与三郎、浅吉の三人は、大川端の道を川下にむかって歩いていた。大黒屋の離れの見張りを銀次たちと替わるつもりだったのだ。

「あれは、呼び子の音じゃァねえか」

与三郎が、右手を耳に当てて言った。大川の流れの音で、はっきり聞こえなかったらしい。

「呼び子の音ですぜ」

浅吉が、声高に言った。

「おい、銀次たちが襲われたのではないか」

そう言って、向井が通りの先に目をやった。

かすかに、川岸に植えられた柳の近くにひとが集まっているのが見えた。白刃《はくじん》のきらめきが、目に映じた。

「あそこだ！　走れ」

与三郎が走りだした。

浅吉と向井が、つづいた。三人は懸命に、川下にむかって走っていく。

六

銀次と松吉は、柳の陰から出なかった。出れば、赤尾たちに取り囲まれてしまう。松吉は、懸命に呼び子を吹き続けている。

「おい、そこから出ないなら、このまま斬り込むぞ」

赤尾が、抜き身を手にしたまま近付いてきた。

銀次はこの場で赤尾に斬り込まれたら、後ろに身を引くことができないとみた。

銀次はすばやい動きで樹陰から出ると、柳の幹を背にして立った。そして、まろほしの槍穂を赤尾にむけた。こうすれば、背後から襲撃されることはない。

「変わった武器だな」

赤尾が銀次の手にしたまろほしを見て言った。

「これで、てめえを串刺しにしてやるぜ」

銀次はまろほしを構えたまま腰を落とした。

「そんな子供騙《だま》しの武器で、おれの相手をするつもりか」

そう言って、赤尾は銀次と対峙《たいじ》すると、青眼に構えた。そして、剣尖《けんせん》を銀次の目線につけた。

……遣い手だ！

と、銀次は察知した。

銀次は、冷たい物で背筋を撫《な》でられたような気がした。赤尾の剣尖には、そのまま銀次の眼前に迫ってくるような威圧があったのだ。

銀次と赤尾の間合は、およそ二間半――。

まだ、一足一刀の斬撃《ざんげき》の間境《まざかい》の外である。

このとき、笠原が松吉の脇からまわり込んだ。他の三人の男は、銀次たちのいる柳の木を取り囲むように立っている。

松吉は呼び子を吹くのをやめ、十手を取り出した。そして、十手の先を笠原にむけたが、手が震え、十手が大きく揺れた。

「十手など、捨てろ！」

笠原がそう言ったときだった。

「銀次！」

「いま、行くぞ！」

と、遠方で男の声が聞こえた。叫んだのは、向井と与三郎だった。向井たち三人が、懸命に走ってくる。

「こいつらの仲間だ！」

銀次たちからすこし身を引いていた印半纏を羽織った男が叫んだ。

男の叫び声を聞いて、笠原が背後を振り返り、

「向井たちだ！」

と、叫んだ。どうやら笠原は向井の名を知っているようだ。

笠原と三人の町人体の男の顔に、戸惑《とまど》うような表情が浮いた。逃げるか、闘うか迷っているようだ。

「武士はひとりだ。恐れることはない」

赤尾が語気を強くして言った。

すると、笠原が「向井とは、おれがやる。借りがあるからな」と言って、走り寄る向井たちに体をむけた。

そこへ、向井、与三郎、浅吉の三人が走り寄った。

「親分、助けに来やしたぜ」

与三郎が、十手を手にして銀次に切っ先をむけている赤尾に近付いた。

敵も動いた。匕首《あいくち》を手にした印半纏を羽織った男が、与三郎に近付き、身構えて匕首をむけた。仕方なく与三郎は、近付いてきた男に十手をむけて対峙した。

笠原は向井と向かい合うと、

「薬研堀の借りを返してやる」

そう言って、切っ先を向井にむけた。

「できるかな」

向井は青眼に構えると、剣尖を笠原の目線につけた。隙《すき》のない構えで、どっしりと腰が据わっている。

ふたりの間合は、およそ二間半――。真剣勝負の立ち合い間合としては近かったが、こうした集団での闘いの場合、どうしても間合が狭くなるのだ。

そのとき、向井の左手から匕首を持った町人体の男が迫ってきた。すこし背を丸め、顎の下に匕首を構えている。

「行くぞ！」

笠原が青眼に構えたまま声を上げた。

笠原は、薬研堀沿いで後れをとった向井に対して気後れした様子はなかった。仲間の助太刀があるからだろう。

対する向井は、動かなかった。剣尖を笠原の目線につけたまま全身に気勢を漲《みなぎ》らせ、気魄《きはく》で笠原を攻めている。

ふたりの間合が狭まり、一足一刀の斬撃の間境に迫ってきた。対峙《たいじ》したときの間合が狭いので、すぐに斬撃の間境を越えるのだ。


一方、銀次は赤尾と対峙していた。

赤尾は八相《はっそう》に構えていた。銀次はまろほしの槍穂を赤尾にむけている。

ふたりの間合はおよそ二間――。まろほしが刀のように長い武器でないため、どうしても間合が近くなるのだ。

赤尾の八相の構えには、隙がないだけではなかった。構えが大きく見え、上から覆い被《かぶ》さってくるような威圧感があった。

ふたりはいっとき対峙したまま、気魄で相手を攻めていたが、先《せん》をとったのは赤尾だった。

「いくぞ！」

と、赤尾が声をかけ、足裏を摺《す》るようにして間合を狭めてきた。

対する銀次は動かず、まろほしの槍穂を赤尾の目線につけている。

ふいに、赤尾の寄り身がとまった。

まだ、一足一刀の斬撃の間境の手前である。赤尾は斬撃の間境に踏み込む前に銀次の構えをくずそうとしたらしい。

七

銀次と赤尾は、斬撃の間境の一歩手前で対峙していた。

ふたりは全身に気魄を込め、仕掛ける気配を見せて敵を攻めている。

ふいに、赤尾が動いた。

イヤアッ！

裂帛《れっぱく》の気合を発し、一歩踏み込んだ。

刹那《せつな》、赤尾の全身に斬撃の気がはしり、体が躍動した。

八相から袈裟へ——。

鋭い閃光《せんこう》がはしった。稲妻のような斬撃である。

咄嗟《とっさ》に、銀次はまろほしを振り上げ、刀受けで赤尾の切っ先を受けた。次の瞬間、銀次の腰がくずれ、後ろによろめいた。赤尾の強い斬撃に押されたのである。

すかさず、赤尾が二の太刀を振るおうとした。

これを目の端でとらえた向井が、タアッ！　と鋭い気合を発した。気合で、赤尾の気を乱そうとしたのだ。

一瞬、赤尾の気が乱れたが、そのまま刀を振り上げて真っ向へ——。

銀次はさらに後ろへ跳《と》んで、赤尾の二の太刀を逃れた。赤尾の気が乱れたために斬撃に鋭さがなく、銀次は逃げることができたのだ。

赤尾は、ふたたび八相に構えた。銀次はまろほしの槍穂を赤尾にむけた。ふたりの間合は、三間ほどにもどっている。

……まともに、赤尾とやり合ったら、勝ち目はない。

と、銀次は踏んだ。

一方、向井は笠原に斬撃の間境まで一歩の間合に迫っていた。笠原の全身に、斬撃の気が高まっている。

向井は動かず、笠原との間合と斬撃の起こりを読んでいた。笠原が斬り込む出《で》端《ばな》をとらえようとしていたのだ。

このとき、向井の左手にいた町人体の男が、一歩踏み込めば手にした匕首のとどく間合まで近付いていた。町人体の男は、いまにも飛び掛かってきそうだった。

ふいに、笠原の寄り身がとまった。笠原は右手にいる町人体の男が仕掛けるのを待って、斬り込もうとしたのかもしれない。

向井が手にした刀の切っ先を、ピクッと動かした。誘いである。

次の瞬間、町人体の男が一歩踏み込み、

死ねッ！

と叫びざま、匕首を前に突き出すようにして飛び込んできた。

刹那、向井の体が躍り、閃光が袈裟に走った。

キーン、という甲高い金属音がひびき、町人体の男の匕首が虚空に跳ね飛んだ。向井の横に払った一撃が、男の手にした匕首をとらえたのである。

勢い余った男は、たたらを踏むように泳いだ。

咄嗟に、向井は切っ先を笠原にむけて牽制《けんせい》し、素早い動きで刀身を返して、町人体の男に斬り込んだ。

ザクリ、と町人体の男の肩から背にかけて小袖が裂け、露《あらわ》になった肌に血の線がはしった。男は呻《うめ》き声を上げ、大川の岸際まで来て足をとめた。だが、立っていられなくなって、その場にへたり込んだ。

一方、笠原は、向井が町人体の男に斬り込んだときの一瞬の隙をとらえ、
タアッ！

鋭い気合を発し、踏み込みざま袈裟に斬り込んだ。

切っ先が、向井の右肩をとらえた。

向井の小袖が裂け、露になった右肩から背にかけて血の筋が浮いたが、かすり

傷だった。笠原の踏み込みが浅かったのである。

オオッ！

と、向井が叫び声とも気合ともとれる声を発し、反転しざま刀を横に払った。一瞬の体捌《たいさば》きである。

切っ先が、笠原の肩から胸にかけて斬り裂いた。笠原は驚愕《きょうがく》に目を剝《む》いて、後ろに逃げた。向井の神速の太刀捌きに驚いたらしい。

笠原は大川の岸際まで来ると、足をとめて反転した。それ以上、逃げられなかったのである。

向井は素早い動きで笠原の前に立ち、八相に構えて切っ先をむけた。

「お、おのれ！」

笠原は向井に体をむけて青眼に構えたが、切っ先が震えていた。腰も浮いている。

「観念しろ！」

叫びざま、向井が斬り込んだ。

八相から真っ向へ――。

咄嗟に、笠原は大きく後ろに身を引いた。

アッ、と声を上げ、笠原が岸から足を踏み外して落下するのと、向井が刀を振り下ろすのとがほぼ同時だった。

向井の切っ先が、笠原の額をかすめて空《くう》を切った。

笠原の体が落下し、ザバッ、と大きな水音がし、水飛沫《しぶき》が上がった。笠原は大川の流れのなかに落ちて水中に体を沈めたが、すぐに顔が水面から出た。

そこの水深は、笠原の腹のあたりだった。

笠原は、水に流されながら川底を蹴《け》って跳《と》ぶように川下にむかっていく。

「ま、待て！」

向井は岸際を追ったが、すぐに足がとまった。追っても笠原に追いつかないとみたこともあるが、それより銀次たちを助けるのが先だった。

このとき、赤尾は銀次と対峙していた。赤尾は笠原が大川に落ち、向井が刀を引っ提《さ》げて近付いてくるのを目にすると、

「引け！　この場は引け！」

と、大声で叫んだ。銀次と向井が相手では、後れをとるとみたのだろう。

赤尾は素早い動きで後ずさると、抜き身を手にしたまま川下の方へむかって走りだした。これを見たふたりの男が、赤尾の後を追って走った。

銀次たちは、逃げる三人を追わなかった。それより、血塗《ちまみ》れになって岸際にへたり込んでいる男から話を聞こうと思ったのだ。

銀次たちは、男を取り囲んだ。

「おまえの名は」

すぐに、銀次が訊いた。

男は苦しげに顔をしかめて黙っていたが、あらためて銀次に強い口調で訊かれると、

「り、利助《りすけ》で……」

と、声をつまらせて名乗った。顔が蒼ざめ、体が顫《ふる》えている。

銀次は利助の命は長くないとみて、

「大黒屋の離れに、甚蔵はいるのか」

間をおかずに、核心から訊いた。

「…………」

利助は顔をしかめただけで黙っていた。

「赤尾たちは、おまえを見捨てて逃げたのだぞ。いまさら庇《かば》うことはあるまい」

銀次はそう言った後、

「離れに、甚蔵はいるのか」

と、念を押すように訊いた。

「い、いねえ」

利助が答えた。

「甚蔵はどこにいる」

銀次は、甚蔵の居所が知りたかったのだ。

「知らねえ」

「親分の居所も、知らねえのか」

銀次が、声を強くして訊いた。

「お、親分は、離れにいたが、舟で出たきりだ」

「その舟は、どこへむかったのだ」

「し、知らねえ。親分は、行き先をだれにも知らせねえんだ」

利助の息の音が荒くなった。体の顫えも激しくなっている。

「攫った娘たちは、どこに監禁している」

銀次が語気を強くして訊いた。銀次たちのもっとも知りたいことである。

「か、川向こう……」

利助が喘《あえ》ぎながら言った。

「川向こうのどこだ！」

銀次が利助に顔を近付けて訊いた。川向こうだけでは、分からない。

利助は銀次に目をむけて何か言いかけたが、口が動いただけで、声にはならなかった。

突然、利助が顎《あご》を突き出すようにして背を反らせ、グッと喉のつまったような呻《うめ》き声を上げて身を硬直させた。次の瞬間、急に体がぐったりとなって首が前に垂れた。

「死んだ……」

銀次が利助の体を支えたまま言った。

第四章　本所

一

「向井の旦那、もう一杯」

銀次が銚子を差し出した。

「すまんな」

向井は目尻を下げて、手にした猪口《ちょこ》を差し出した。

そこは、嘉乃屋《よしのや》の小上がりだった。銀次と向井、それに与三郎が腰を下ろして酒を飲んでいた。

銀次たちは、駒形町の大川端で赤尾たちとやり合った後、嘉乃屋にもどり、夕《ゆう》餉《げ》を食べながらおきみが用意してくれた酒を飲み始めたのだ。いっしょに駒形町に出掛けた松吉と浅吉は、それぞれの家に帰っている。

銀次には、向井を慰労《いろう》する気持ちもあったが、それより明日からどう動くか、相談したかったのだ。

銀次は、向井が猪口の酒を飲み干すのを待って、

「明日から、どう動きやす」

と、向井に訊いた。

「ともかく、攫《さら》われたふたりの娘の監禁場所をつきとめないとな」

向井が言った。

「利助は、川向こうと口にしたが……」

銀次は娘たちの監禁場所は、駒形町から大川を渡った先にあるとみていた。

「本所かもしれねえ」

向井の脇にいた与三郎が言った。

「おれも、本所のような気がするが、本所といっても広いからな。何か手掛かりがないと、どうにもならぬ」

そう言って、向井は手にした猪口の酒を飲み干した。

「あっしは、駒形町の大黒屋が、鍵を握ってるような気がするんでさァ」

大黒屋の離れに赤尾だけでなく、甚蔵も身をひそめていたことがあった。しかも店の前には桟橋があり、舟も持っているらしかった。

「そう言われれば、大黒屋の川向こうは本所だな」

向井が、大黒屋の前にある桟橋から舟で、攫った娘を対岸の本所へ連れて行ったのではないかと言い添えた。

「あっしも、そんな気がしやす」

与三郎が言った。

「明日も駒形町へ出掛けて、大黒屋を探ってみやすか。……それに、姿を消した赤尾がもどっているかもしれねえ」

銀次が言うと、向井と与三郎も同意した。

翌朝、銀次は五ツ（午前八時）ごろになって起き出し、おきみが支度《したく》してくれた朝餉を食っていると、向井が顔を出した。

「旦那、朝めしは」

銀次が訊いた。

「そ、それが、まだなんだ。寝坊してな……」

向井が照れたような顔をして言った。

「すぐ、支度させますよ」

銀次はそう言って、おきみに向井の朝めしの支度をするよう頼んだ。

すると、おきみは銀次に身を寄せ、

「そのつもりで、用意してますよ」

と、ささやいた。いつものことなので、支度していたらしい。

向井が、おきみの運んできた朝めしを食っているところに、与三郎と松吉が顔を出した。いつもは朝の早い与三郎も、昨日遅かったせいもあって、いまになってしまったらしい。

「朝めしは、食ったのか」

銀次がふたりに訊いた。

「食ってきやした」

松吉が言うと、与三郎もうなずいた。

それから、小半刻（三十分）ほどして、銀次たち四人は、おきみに見送られて、嘉乃屋を出た。

いつものように下谷広小路に出たところで、浅吉が待っていた。浅吉には、駒形町にむかうことは話してなかったが、この辺りで待っていることになっていたのだ。

銀次たち五人は昨日と同じように廣徳寺の前を通り、浅草寺の門前通りを経て、駒形堂の前に出た。そして、大川端沿いの道に入ったところで、

「また、二手に分かれよう」

と、銀次が向井たちに声をかけた。五人いっしょに歩きまわれば人目を引くし、それに聞き込みも埒《らち》が明かないだろう。

銀次たちは、昨日と同じように二手に分かれることにした。銀次と松吉が組み、向井、与三郎、浅吉の三人が組むのである。

そして、銀次たちが大黒屋を探り、向井たちは大川端沿いを歩いて桟橋や船寄に立ち寄り、そこにいる船頭に話を訊くことにした。船頭なら、娘を乗せた舟が対岸の本所にむかったのを目にしたかもしれない。

　銀次は松吉とふたりになると、大川沿いの道を川下にむかって歩いた。ともかく、大黒屋を見てみようと思ったのだ。

　ふたりは大黒屋の近くまで行くと、通行人を装って店先に目をやった。昨日と同じように店をあけていた。

　銀次は歩きながら、道を隔《へだ》てて店の前にある桟橋にも目をやった。昨日と同じように二艘《そう》の猪牙舟《ちょきぶね》が舫《もや》ってあった。船頭がひとり、猪牙舟の船梁《ふなばり》に腰を下ろして煙管《キセル》で莨《たばこ》を吸っていた。

「旦那、あの船頭に訊いてみやすか」

　松吉が小声で言った。

「後にしよう」

　銀次も、船頭から話を聞いてみたいと思ったが、いま船頭と話せば、その後、付近に身を隠して大黒屋を探れなくなる。船頭の目につくからだ。それに、一度通りかかった船頭から話を聞いていたので、いま猪牙舟にいる船頭も銀次たちのことを知っているかもしれない。

　銀次は、もうすこし様子を見てから船頭に話を聞こうと思った。

銀次と松吉は桟橋の前を通り過ぎ、すこし離れた場所の岸際に植えてあった柳の樹陰に身を隠した。そこは、昨日銀次と松吉が身を隠した場所からすこし川下にいったところである。

銀次たちは、柳の樹陰から大黒屋に目をやった。

大黒屋は店をあけていたが、まだ、昼前だったので店は静かだった。客が入るのは、これからだろう。

銀次たちは、大黒屋の脇にも目をやっていた。離れに、人攫い一味が出入りするかもしれない。

二

そのころ、向井たち三人は、駒形町の大川端沿いの道を歩いていた。そこは、大黒屋から二町ほど川下にいったところである。

向井たちは、船頭から大黒屋や川向こうの本所のことを訊いてみるつもりだった。大黒屋からすこし離れたのは、大黒屋の船頭に気付かれないためである。

「近くに、桟橋や船寄《ふなよせ》はないな」

向井が大川の岸際に目をやって言った。

「旦那、あそこに船宿らしい店がありやすぜ」

与三郎が、前方を指差して言った。

「船宿があれば、近くに舟も舫ってあるな」

向井が足を速めた。舟があれば、近くに船頭もいるとみたようだ。

船宿の脇にちいさな桟橋があり、猪牙舟が二艘舫ってあった。一艘の舟に船頭がいた。船底に茣蓙《ござ》を敷いている。客を乗せる準備をしているらしい。

「あっしが、訊いてきやす」

与三郎は、ひとりで桟橋につづく石段を下りていった。

向井と浅吉は岸際にとどまり、与三郎に目をやっていた。三人もで桟橋に下りていって船頭に話を訊けば、船宿の者や通りすがりの者が何事かと思い、集まってくるかもしれない。

与三郎は船頭のいる舟に近付き、

「ここの船宿の船頭かい」

と、声をかけた。

「そうでさァ」

船頭は腰を上げ、船梁《ふなばり》に腰を下ろした。与三郎にむけられた顔に、不審そうな表情があった。

「ちと、訊きたいことがあってな」

与三郎は穏やかな声で言った。

「なんです」

「たいしたことじゃァねえんだが、この先に大黒屋ってえ料理屋があるのを知ってるかい」

「知ってやすよ。近所に住む者で、大黒屋を知らねえやつはいませんや」

「大黒屋の前に桟橋があるが、あれは大黒屋の桟橋か」

与三郎が大黒屋の方に目をやって訊いた。

「そうでさァ」

「料理屋が桟橋と舟まで持ってるのかい」

「大黒屋は、客を舟で送り迎えするんでさァ」

「料理屋でそんなことまでするのか」

与三郎は驚いたような顔をして見せた。

「大黒屋は、浅草寺や駒形堂と離れてやすからね。舟で送り迎えでもしねえと、いい客は集まらねえんでさァ」

そう言った後、船頭が、「旦那、何かお調べですかい」と小声で訊いた。

与三郎は船頭に身を寄せ、

「そうじゃァねえ。ちょいと前に、大黒屋の前を通りかかったときな、大黒屋の桟橋から出る舟に、気になる男が乗っていたのだ」

と、声をひそめて言った。

「気になる男ってなァ、だれだい」

船頭は興味を持ったらしく、身を乗り出して訊いた。

「おめえも、噂ぐれえ聞いたことがあるだろうが、大親分が二本差しを連れて桟橋から舟に乗ったのよ」

与三郎は、甚蔵と赤尾を匂わせたのだ。

「甚蔵親分ですかい」

船頭も声をひそめて言った。どうやら、甚蔵の名は聞いているらしい。

「そうよ」

「あっしも、甚蔵親分が大黒屋の離れにいると聞いたことがありやすぜ」

船頭が目をひからせて言った。

「おめえも聞いたことがあるのかい」

「へえ」

「川向こうに、甚蔵の隠れ家でもあるのか」

与三郎は巧みに話を持っていった。

「本所に、甚蔵親分の隠れ家があるようでさァ」

「本所のどこだい」

すぐに、与三郎が訊いた。本所といってもひろかった。本所と分かっても探し出すのはむずかしい。

「そこまでは知らねえ」

船頭は首を横に振った。

「他にも、妙なものを見たんだがな」

与三郎が声をあらためて言った。

「妙なものって、やっぱり大黒屋の舟かい」

「そうだ。……娘なんだ」

与三郎が、驚いたような顔をして見せた。

「娘がどうしたい」

船頭は興味を持ったらしく、船梁にのせた尻をずらし、与三郎に近付いた。

「まだ、六つ、七つと思われる娘を、舟に乗せて桟橋を出たのよ」

与三郎は、攫った娘を舟で本所に連れていったのではないかとみて、そう話したのだ。

「娘をな。……そういえば、おれも聞いたことがあるような気がするが、はっきりしねえ」

船頭は首をひねった。

「川向こうに、娘を連れていくような場所があるのかい」

「知らねえなァ」

船頭は声高に言って、すこし身を引いた。見ず知らずの男と話し過ぎたと思ったのかもしれない。

与三郎はこれ以上船頭から話を聞いても、新たなことは知れないとみて、

「娘のことは、どうでもいいか」

と言い残し、その場を離れた。

それから、与三郎たちは道沿いの店に立ち寄ったり、通りかかった近所の住人と思われる男を呼び止めたりして話を聞いたが、新たなことは知れなかった。

三

銀次と松吉は、大川の岸際に植えられた柳の陰から大黒屋に目をやっていた。

「親分、出てきた！」

松吉が声を殺して言った。

大黒屋の脇から、武士体の男がひとり姿を見せた。遠方のせいもあり、大黒屋の陰になって、だれなのかはっきりしなかった。

「笠原だ！」

銀次が昂《たかぶ》った声で言った。男が通りに出て、その姿がはっきり見えたのだ。笠原は向井の斬撃を受けた後、大川に落ち、その後行方が分からなくなっていた。笠原は川下で陸《おか》に上がり、銀次たちがいなくなった後、大黒屋の離れにもどって身を隠していたようだ。

笠原は、すこし体を右にかたむけるようにして歩いていた。向井に斬られた傷を手当し、晒《さらし》でも巻いているのだろう。

笠原は通りに出ると、警戒するように左右に目をやってから、足早に桟橋の方へむかった。

「やつは、桟橋に行くようだ」

松吉が声をひそめて言った。

笠原は桟橋に下りると、猪牙舟にいた船頭へ何か声をかけてから舟に乗った。

船頭は艫《とも》に立つと、棹《さお》を手にした。

船頭は猪牙舟を桟橋から離すと、水押《みお》しを対岸にむけた。舟はゆっくりと大川を横切っていく。

「やつは、本所へ行くようですぜ」

松吉が声高に言った。

「そのようだ」

笠原の乗る舟は、しだいに遠ざかっていく。

「親分、本所なら、舟をどの辺りに着けるか見えやすぜ」

松吉が、遠ざかっていく舟に目をやって言った。

「見ておくか」

銀次は、舟の着く場所で、ある程度行き先が分かるのではないかと思った。

銀次と松吉は、遠ざかっていく舟に目をやっていた。

いっときすると、舟は対岸に着いた。かすかに、桟橋らしい物が見えた。

「あの辺りは、北本所ですぜ」

松吉が身を乗り出すようにして言った。

「北本所だな」

銀次も、桟橋の先の陸地に武家屋敷でなく町人地がつづいているので、北本所と分かった。

「舟から下りやした」

松吉が言った。

桟橋に下り立ったのは、笠原だけだった。船頭は舟に残っている。

陸に上がった笠原の姿が見えなくなっても、舟は桟橋から離れなかった。

「船頭は、笠原がもどるのを待っているようだ」

「どうしやす」

松吉が訊いた。

「笠原が舟にもどるのを待ってみよう。おれたちは、ここで大黒屋を見張りながら、舟にも目をやっていればいいのだ」

銀次はそう言って、大黒屋に目をやった。

それから小半刻（三十分）ほど経《た》ったろうか。通りの左右に目をやっていた松吉が、

「あれは、向井の旦那たちじゃァねえかな」

と、通りの先に目をやって言った。

見ると、向井らしい武士が、川下の方からこちらに歩いてくる。その後ろに、与三郎と浅吉と思われる姿もあった。三人は、それぞれ間を取って歩いてくる。

「この近くで話すのは、まずいな」

銀次は、通りで向井たちと話していたら大黒屋の者や船頭などに見咎《みとが》められると思ったのだ。

銀次と松吉は柳の樹陰から出ると、足早に向井たちの方へむかった。

向井が、銀次たちの姿を目にとめて足をとめた。後続の与三郎と浅吉も、銀次たちに気付いたらしく足早に向井のそばまで来た。

銀次は向井たちに近付くと、

「柳の陰に来てくれ」

と言って、向井たちを柳の陰に連れて行った。通りに立ったまま大勢で話すわけにはいかなかったのだ。

銀次たちが柳の樹陰にまわると、

「親分、何かありやしたかい」

すぐに、与三郎が訊いた。

「笠原があらわれたのだ。大黒屋の離れに身を隠していたらしい」

銀次が言った。

「それで、笠原はどうした」

向井が、銀次の前に出て訊いた。

「舟で大川を横切り、川向こうの北本所の桟橋で舟から下りやした」

「甚蔵たちの隠れ家に行ったのではないか」

向井が言った。

「あっしも、そうみてやす」

「笠原は北本所に行ったまま、まだ戻らないのだな」

「まだでさァ」

銀次が、笠原を乗せて北本所にむかった舟は、まだ対岸の桟橋にとめてあることを話した。

「よし、今度こそおれが討ち取ってくれる」

向井が意気込んで言った。

「旦那、やつを斬り殺さねえでくだせえ。やつなら、甚蔵の居所も、攫われた娘たちの監禁場所も知っているかもしれねえ」

「分かった。峰打ちで、仕留めよう」

向井が顔をひきしめて言った。

「そろそろ、舟で帰ってくるころだな」

銀次はそう言って、柳の陰から出ると、足早に大黒屋の方へ足をむけた。松吉や向井たちがついてきた。

四

「そろそろ来てもいいころだがな」

銀次が西の空に目をやって言った。まだ、笠原を乗せて対岸にむかった舟は、桟橋にとまったままだった。

陽は西の家並の向こうに沈み、柳の樹陰は淡い夕闇につつまれていた。大川沿いの道を行き来するひとの姿は、だいぶすくなくなった。

大黒屋の二階の座敷には灯の色があり、嬌声や酔客の濁声《だみごえ》など聞こえていた。大川の流れの音がひびき、銀次たちが多少の音をたてても聞こえないだろう。

「舟が来る!」

川面《かわも》に目をやっていた松吉が言った。

銀次があらためて大川に目をやると、黒ずんだ川面にちいさく舟が見えた。こちらにむかってくる。

「笠原が乗っているぞ」

銀次が言った。舟に乗っている男の顔ははっきりしないが、その体形から笠原であることが分かった。乗っているのは、船頭と笠原だけである。

「よし、桟橋の近くで待ち伏せする」

向井が言った。

銀次たちは柳の陰から出ると、足早に桟橋の方へむかった。そして、桟橋近くの岸際の柳の陰に身を隠した。そこには、柳が一本しかなかったので、隠れたのは向井と銀次だけだった。与三郎、松吉、浅吉の三人は、すこし離れた柳の陰にまわった。

笠原の乗る舟が、はっきりと見えるようになった。水押《みお》しが水面《みなも》を分ける音も聞こえてくる。

舟が桟橋に近付くと、

「旦那、舟を着けやすぜ」

船頭が笠原に声をかけ、棹を巧みに使って船縁《ふなべり》を桟橋に寄せた。

「五助《ごすけ》、御苦労だったな」

と、笠原が声をかけ、桟橋に下り立った。船頭の名は五助らしい。

笠原は桟橋に立つと、手にした大刀を腰に帯びた。五助はまだ舟にいて、舫《もや》い綱を杭《くい》にかけている。

笠原はゆっくりとした足取りで、石段を上がってきた。

柳の陰にいた向井が、

「行くぞ！」

と、声をかけ、樹陰から飛び出した。

銀次がつづいた。与三郎、松吉、浅吉の三人は、すこし遅れて樹陰から出た。

三人は五助が舟から桟橋に下り立つのを待って、桟橋にむかうはずである。

笠原は石段から通りに出て、走り寄る向井と銀次の姿を目にしたらしく、ギョッ、としたように身を硬くして足をとめた。そして、桟橋の方へ目をやった。逃げ戻ろうとしたらしい。だが、笠原は石段を下りなかった。向井たちが間近《まぢか》に迫っているのを見て、舟に逃げ戻る間はないとみたようだ。

「おのれ！」

叫びざま、笠原が抜刀した。

向井も刀を抜いた。そして、刀身を峰に返してから笠原の前に立った。峰打ちに仕留めるつもりらしい。

銀次はまろほしを手にして、笠原の左手にまわり込んだ。銀次は、笠原の逃げ場をふさぐだけで、闘うつもりはなかった。向井にまかせたのである。

この間に、与三郎たち三人は石段を下りて、桟橋に下り立った。船頭を取り押さえるのである。

「笠原、刀を置け！　勝負はみえているぞ」

向井が声をかけた。

「おのれ！」

笠原は青眼《せいがん》に構えると、切っ先を向井にむけた。その切っ先が、ビクビクと震えている。構えがぎこちなかった。向井に肩から胸にかけて斬られた傷に、晒でも巻いてあるにちがいない。

「どうしても、やる気か」

向井は八相《はっそう》に構えた。

ふたりの間合はおよそ二間、真剣勝負の間合としては近かった。ふたりの刀身が、淡い夕闇のなかで銀蛇《ぎんだ》のようにひかっている。

ふたりは、いっとき青眼と八相に構えて対峙《たいじ》していたが、向井が先《せん》をとった。

「いくぞ」

と、向井が声をかけ、足裏を擂《す》るようにしてジリジリと間合を狭めていく。

対する笠原は、動かなかった。いや、動けなかったのである。青眼に構えた刀身が震え、腰も浮いていた。

一足一刀の斬撃《ざんげき》の間境《まざかい》に近付くにつれ、向井の全身に斬撃の気が高まってきた。

斬撃の間境まであと一歩――。

そのとき、突如、笠原が動いた。向井の威圧に押されて、対峙していられなかったらしい。

イヤアッ！

笠原が甲走った気合を発して斬り込んだ。

振りかぶりざま真っ向へ――。

だが、迅さも鋭さもない斬撃だった。

一瞬、向井は右手に体を寄せざま、刀身を横に払った。峰打ちが、笠原の胴に入った。ドスッ、という皮肉を打つにぶい音がし、笠原がよろめいた。笠原は手にした刀を取り落とし、両手で腹を押さえて蹲《うずくま》った。

笠原には向井に斬られた傷もあり、その場に立っていられなかったようだ。笠原は苦しげに呻《うめ》き声を上げている。

そこへ、銀次が走り寄った。

銀次は両手で腹を押さえて蹲っている笠原の脇に立つと、

「笠原、舟で本所へ行ったようだが、行き先はどこだ」

と、核心から訊いた。

笠原は何も答えなかった。体を顫わせ、苦しげな呻き声を上げている。

「本所のどこへ行った！」

向井が語気を強くして訊いた。

そのとき、笠原は脇に落ちていた己の刀を摑んだ。

咄嗟《とっさ》に、向井と銀次は身を引いて身構えた。笠原が斬りつけるとみたのだ。と、笠原は刀身を己の首に当て、「もはや、これまで！」と叫んで、引き裂いた。

笠原の首筋から、血が驟雨《しゅうう》のように飛び散った。首の血管を斬ったらしい。笠原は血を撒《ま》きながら俯《うつぶ》せに倒れた。

笠原は激しく血を噴出させて身を捩《よじ》っていたが、いっときすると動かなくなった。絶命したようだ。

「自害しおった……」

向井が、血塗《ちまみ》れになって横たわっている笠原に目をやりながらつぶやいた。その顔には、驚きと笠原を哀れむような表情が浮いていた。

五

与三郎、松吉、浅吉の三人は、短い石段を下りて桟橋に出ると、舟から下りようとしている船頭の五助のそばに近寄った。

五助は近付いてきた与三郎たちを見て、

「お客さん、今日は舟を出しませんぜ」

と、声をかけた。与三郎たちを客とみたようだ。

「舟に用はねえ。おめえに用があるのよ」

そう言って、与三郎が五助に近寄った。

松吉と浅吉は、逃げ場を塞《ふさ》ぐように素早く五助の両脇にまわり込んだ。

「な、なんでえ、おめえたちは」

五助が驚いたような顔をして訊いた。

与三郎は懐から十手を取り出して見せ、

「おめえに、訊きてえことがある。いっしょにこい」

と、五助を見すえて言った。

五助は目を剝《む》いて、その場につっ立った。そこへ、松吉と浅吉が五助の両脇から身を寄せて両腕を摑《つか》み、

「ちょいと話を聞くだけだが、騒ぐと大番屋まで連れていくぜ」

と、松吉が五助の耳元で言った。

与三郎、松吉、浅吉は、五助を取り囲むようにして石段を上がった。すると、銀次と向井が近付いてきて、

「川下へ連れていく」

と言って、川下にむかって歩きだした。その場では、大黒屋に出入りする者の目にとまるとみたのだ。

銀次たちは、しばらく川下にむかって歩き、通り沿いに朽ちかけた小屋があるのを目にして裏手にまわった。付近の漁師が、漁具をしまっておいた小屋らしい。そこなら、通りを行き来するひとの目を気にせずに話せる。

「おめえの名は」

銀次が訊いた。まだ、五助の名を知らなかったのだ。

五助は戸惑うような顔をしたが、

「五助でさァ」

と、名乗った。名を隠す必要はないと思ったのだろう。

「おめえが、舟で本所まで連れていった笠原は、自害したぜ」

銀次が小声で言った。

「……！」

五助が目を剝き、体を顫わせた。

「笠原は、本所のどこへ行ったんだい」

銀次が五助を見すえて訊いた。

五助は何も言わなかった。怯《おび》えるような目で、銀次を見つめている。

「おめえもしゃべらねえで、ここで自害するつもりかい」

「お、おれは、何も悪いことはしてねえ」

五助が首を横に振りながら言った。

「それなら隠すことはあるめえ。笠原は、本所のどこへ行ったんだい」

銀次が同じことを訊いた。

「お、親分のところで……」

五助が声を震わせて答えた。

「親分というのは、甚蔵のことだな」

「そうで……」

「甚蔵の隠れ家は、本所のどこにあるんだい」

「知らねえ。嘘じゃァねえ。あっしは、舟で本所まで送り迎えするだけで、親分のところへ行ったことはねえんだ」

五助が向きになって言った。

銀次は五助が嘘をついているとは思わなかった。

「本所に、七つ、八つの娘を舟で、連れていったことがあるな」

銀次は、攫われたふたりの娘のことを聞き出そうと思ったのだ。

「話は聞いたことがありやす」

「だれから聞いた」

「権八の兄いで」

五助によると、権八は甚蔵の子分で、ふだん大黒屋の離れで、親分の甚蔵や赤尾といっしょにいることが多いという。

「権八は、いまも離れにいるのか」

銀次が念を押すように訊いた。

「いるはずでさァ」

「権八はどんな男だ」

「三十がらみで、浅黒い顔をしてやす」

「そうか」

銀次は一息ついた後、

「ところで、大黒屋だが、あるじはだれだい」

と、声をあらためて訊いた。銀次は、甚蔵と深いつながりのある者だろうとみていた。

「辰五郎《たつごろう》の旦那で」

「甚蔵とは、どんなかかわりがある」

「くわしいことは知らねえが、辰五郎の旦那は、甚蔵親分の一の子分だったと聞いたことがありやす」

「そういうことか」

銀次は、甚蔵が大黒屋の離れに寝泊まりしていた理由が分かった。甚蔵はそこに身を隠して、子分たちに指図していたのだ。そして、己の身辺に町方の手が伸びたとみると、大川を越えた先にある己の隠れ家に身を隠したのである。

……用心深い男だ！

と、銀次は思った。

甚蔵は、いつも身を隠す手立てを用意しているようだ。

「何か訊くことはありやすか」

銀次が、向井に目をやって訊いた。

「赤尾は、いつも甚蔵のそばにいるのか」

銀次につづいて、向井が訊いた。

「くわしいことは知らねえが、いっしょにいることが多いようでさァ」

「赤尾は、甚蔵の用心棒のようだな」

そうつぶやいて、向井は五助から身を引いた。

五助は銀次たちの訊問が終わったとみて、

「あっしを帰《けえ》してくだせえ。大黒屋の船頭はやめやす」

と、身を乗り出すようにして言った。

「それで、どこかに行き場はあるのか」

銀次が訊いた。

「近くの船宿で、船頭をやりやす」

「いいのか。この辺りで船頭をしていて」

「……！」

五助が、戸惑うような顔をして銀次をみた。

「辰五郎や甚蔵が、見逃すと思っているのか」

「こ、殺されるかもしれねえ」

五助が、声を震わせて言った。

「どこか、浅草から離れて働く当てはないのか」

「深川で、兄貴が船頭をやってやす。そこに、行きやす」

五助が顔をこわばらせて言った。

「大黒屋の者に気付かれねえように、早く深川へ行くんだな」

「へ、へい」

五助が首をすくめて言った。

六

翌日も、銀次たちは駒形町にむかった。本所に出かけて、甚蔵の隠れ家や攫われた娘たちの監禁場所を探す前に、権八を捕らえて話を訊こうと思ったのだ。

銀次たち五人は二手に分かれ、大黒屋の見える大川端の樹陰や通り沿いの店の陰などに身を隠して、権八が姿を見せるのを待った。

「親分、やつは出てきやすかね」

松吉が、大黒屋の店先に目をやりながら言った。

ふたりが身を潜めているのは、これまでと同じ大川の岸際に植えられた柳の陰だった。そこは、通りを行き来する人の目にとまることもあったが、木陰で休んでいるように見えるので、不審を抱く者はいなかった。

「いつ出てくるか、分からねえな。……気長に待つしかねえ」

権八は大黒屋か離れのどちらかにいる、と銀次はみていた。

「向井の旦那たちは、どの辺りにいるんですす」

松吉が訊いた。

「川下の桟橋の見える場所だと言っていたな。ここから遠い所じゃァねえはずだ」

向井は銀次と別れるとき、すこし川下に行って、桟橋を見張るつもりだ、と口にしたのだ。

「大黒屋も、甚蔵の息がかかっていたのか」

松吉が、大黒屋の店先に目をやってつぶやいた。

そのとき、銀次は大黒屋の脇に人影を見た。

「おい、だれか出てくるぞ」

銀次が言った。

「権八のようですぜ」

「まちがいない、権八だ」

姿を見せた男は、浅黒い顔をしていた。年格好は、三十がらみである。

権八は通りに出ると、不審者がいないか確かめるように左右に目をやった後、川上の方へむかった。

「やつは、駒形堂の方へむかいやしたぜ」

松吉が権八に目をやりながら言った。

「どこへ行くつもりだ」

銀次は、権八が姿を見せれば、桟橋から舟で本所へ行くのではないかとみていた。そのときは、舟でもどるのを待って取り押さえるつもりでいた。ところが、権八は川上にむかったのだ。

「尾《つ》けるぞ」

銀次は通りに出た。そして、川下に身を隠しているはずの向井たちに、権八が川上にむかったことを手で知らせた。向井たちも離れを見張っていたので、権八の姿は目にしているはずだ。

すぐに、向井、与三郎、浅吉の三人が樹陰から通りに姿を見せ、足早にこちらにむかってきた。

銀次と松吉は足を速めて権八に近付くと、振り返っても気付かれないように通行人の陰に隠れるようにして跡を尾けた。

権八は、まだ銀次たちに気付いていない。

前方に、駒形堂が見えてきた。行き来する人の姿が、豆粒のようにちいさく見える。

……駒形堂に近付く前に捕らえたい！

と、銀次は思った。人通りの多い場所だと捕らえるのがむずかしいし、大騒ぎになって、権八が町方に捕らえられたことが、大黒屋の者にも知れてしまう。

銀次は後続の向井たちに、権八を捕らえることを手で合図してから松吉とふたりで走りだした。

銀次と松吉は権八に近付くと走るのをやめ、行き交うひとの陰に身を隠すようにして背後に迫った。

銀次は足音を忍ばせて権八に身を寄せ、いきなり両手で権八の腕をつかみ、足をかけて前に押し倒した。

「何をしやがる！」

権八が喚《わめ》きながら身を捩った。

松吉は、俯《うつぶ》せに倒れた権八の背に馬乗りになり、

「おとなしくしろ！」

と、叫びざま、権八の両腕を後ろにとった。そして、銀次とふたりで、権八の両腕を縛った。

そうしているところに向井たちが駆け付け、集まった野次馬たちに、

「この男は、盗人《ぬすっと》だ」

と、与三郎が言った。しばらくの間、権八が捕らえられたことを大黒屋の者に知られないようにそう言ったのだ。

銀次たちは捕らえた権八を連れ、いったん日光街道に出てから諏訪町《すわちょう》にある番屋に連れ込んだ、番屋で話を訊こうと思ったのである。

銀次が番屋の家主に話した後、捕らえた権八を番屋の奥の座敷に連れ込んだ。

座敷に座らされた権八は顔をしかめ、体を顫わせていた。

「権八、おめえは甚蔵の子分だそうだな」

銀次が切り出した。

「し、知らねえ。おれは、甚蔵なんてえ男は知らねえ」

権八が、喚くように言った。

「船頭の五助がな、おめえたちのことはみんな話した。いまさら、白《しら》を切っても

どうにもならねえ」

　銀次が五助の名を出した。

「……！」

　権八の顔から血の気が引いた。体の顫えが激しくなっている。

「親分の甚蔵は、本所にいるそうだな」

　銀次はそう言った後、

「本所のどこだ」

　と、語気を強くして訊いた。

「知らねえ。嘘じゃァねえ。おれは、親分の隠れ家を知らねえんだ」

　権八が向きになって言った。

「甚蔵といっしょに、本所へ行ったことはねえのか」

　銀次が権八を見すえて訊いた。

「ねえ。親分は、本所の隠れ家が知られねえように、子分たちも近付けねえんでさァ。赤尾の旦那と辰五郎の旦那しか、知らねえはずで」

「辰五郎は大黒屋のあるじだな」

銀次は、五助から辰五郎の名を聞いていた。

「そうでさァ」

権八は隠さずに話した。

「辰五郎は、大黒屋にいるのだな」

銀次は、辰五郎を捕らえて話を聞けば、甚蔵の居所と攫われた娘たちの監禁場所も分かるのではないかと思った。

「辰五郎の旦那は、店にはいねえ」

権八が言った。

「どこにいるのだ」

「知らねえ。辰五郎の旦那は、甚蔵親分が大黒屋の離れを出るとき、一緒に出たきりで、店にもどってねえんだ」

「大黒屋は、だれがやっているのだ」

銀次が語気を強くして訊いた。

「女将《おかみ》でさァ」

権八によると、女将のおとしは、辰五郎の情婦だという。当初は辰五郎が大黒屋を切り盛りしていたが、ちかごろはおとしに大黒屋をまかせ、辰五郎は甚蔵の指図で動くことが多いそうだ。

「すると、辰五郎はいまも甚蔵といっしょにいるのではないか」

「そうかもしれねえ」

「いずれにしろ、甚蔵の隠れ家をつかまねえと、どうにもならねえな」

銀次が虚空《こくう》を睨《にら》むように見据《みす》えて言った。

七

権八を捕らえた翌日、銀次は松吉といっしょに神田川にかかる和泉橋のたもとに立っていた。そこは柳原通りで、大勢のひとが行き交《か》っていた。

銀次は、定廻《じょうまわ》り同心の島崎綾之助が来るのを待っていたのだ。島崎は市中巡視のおり、その場を通るのである。

銀次は、あらためてこれまで探ったことを島崎に伝えるとともに、大黒屋の女将のおとしを捕縛するのに、島崎の手を借りたかったのである。それというのも、おとしが人攫い一味に荷担したという科《とが》ではなく、別件で捕らえたかったからだ。

「旦那、来やしたぜ」

松吉が両国方面を指差して言った。

島崎は三人の供を連れてこちらに歩いてくる。八丁堀同心は、小袖を着流し、羽織の裾《すそ》を帯に挟む巻羽織《まきばおり》と呼ばれる独特の格好をしているので、顔を見なくてもそれと知れるのだ。

供のひとりは、重吉《じゅうきち》という若い岡っ引きだった。銀次は重吉とも話したことがあるので、よく知っていた。重吉は商家の娘が攫われた事件にかかわっていなかったので、島崎の巡視についているようだ。

島崎は和泉橋のたもとに立っている銀次たちに気付いたらしく、すこし足を速めた。

銀次と松吉は、島崎のそばに行って頭を下げた。

「おれに、話があって待っていたようだな」

島崎が訊いた。

「へい」

「ついてこい。歩きながら話す」

島崎は歩調を緩めただけで、足をとめずに、

「松島屋と富永屋の娘が攫われた件だな」

と、すぐに訊いた。

すでに、銀次は先に捕らえた猪之助を島崎に引き渡した後、それまで探ったことを島崎に伝えてあったのだ。

「そうでさァ」

「人攫い一味の頭目の居所が、知れたのか」

島崎が銀次に目をやって訊いた。

「それが、まだなんで……。大黒屋の離れに身をひそめていたようですが、姿を消しちまったんでさァ」

銀次は、かいつまんで大黒屋のことを話した。

「そういうことなら、大黒屋のあるじを捕らえて聞き出したらどうだ」

島崎が言った。

「それが、旦那、あるじの辰五郎も消えちまったんで」

「消えただと。どういうことだ」

島崎が足をとめて振り返った。

「辰五郎も、本所の隠れ家に身をひそめているとみてやす」

「本所の隠れ家な」

島崎はいっとき黙考しながら歩いていたが、

「その隠れ家は、本所のどこにあるか分からないのだな」

と、銀次に顔をむけて訊いた。

「そうでさァ」

「大黒屋の者は知らないのか」

「へい、甚蔵は用心深い男で、船頭も隠れ家に近付かせねえんでさァ。知っているのは、大黒屋の女将のおとしだけらしいんで」

銀次が、おとしの名を出して言った。

「それなら、おとしを引っ張って、話を聞いたらどうだ」

島崎が声を大きくした。

「そのことで、旦那のお力を借りてえんで」

銀次が島崎に身を寄せて言った。

「力を借りたいとは、どういうことだ」

島崎がまた足をとめて銀次に目をむけた。

「あっしらが、おとしを引っ張ると、すぐに身をひそめている甚蔵や辰五郎に知れやす。そうすると、甚蔵や辰五郎は隠れ家から姿を消すはずでさァ」

銀次は、ふたりが姿を消すだけでなく、下手をすると人質にとっているふたりの娘の命も危ういのではないかと思ったのだ。

「おとしを引っ張って隠れ家を聞き出しても、無駄だというわけか」

島崎が言った。

「へい」

「それで、銀次はどうしたいのだ。おれに何か頼みがあって、ここで待っていたのではないのか」

「そうでさァ」

銀次が首をすくめて言った。

「話してみろ」

「おとしを、甚蔵とはまったくかかわりのない件で、お縄にしていただきたいんで」

「別件で挙げろということか」

「へい」

銀次はまた頭を下げた。

「つまり、別件でおとしを挙げれば、甚蔵や辰五郎が隠れ家から姿を消すことはないということだな」

「そうで」

甚蔵と辰五郎のこともあるが、銀次にとってはふたりの娘の監禁場所を変えさせないことの方が重大だった。銀次は甚蔵たちの捕縛より、ふたりの娘を助け出すことを優先させたかったのだ。

「いいだろう。おとしを別件で挙げよう」

島崎はそう言った後、

「銀次、何かいい手はあるか」

と、訊いた。

「旦那、客が大黒屋で女将に無理に酒を飲まされて酔い、店で財布を奪われたことにでもしたらどうですかね」

銀次が、考えていた策を話した。

「よし、その手で行こう」

島崎が声高に言った。やる気になっている。

第五章　隠れ家

一

　銀次が島崎に会って、おとしの捕縛を頼んだ翌日、島崎は十数人の捕方を連れて、駒形町にむかった。捕方といっても、島崎が手札を渡している岡っ引きとその下っ引き、それに島崎が使っている小者《こもの》や奉行所の中間《ちゅうげん》などである。

　島崎は、市中巡視のおりに訴えを聞き、急遽《きゅうきょ》、岡っ引きたちを集めて捕縛にむかったことにするつもりだった。そのため、島崎は捕物出役装束ではなかったし、手先たちもふだん町を歩いている格好だった。その捕方たちのなかに、銀次、与三郎、松吉、浅吉の四人はいたが、向井はくわわらなかった。

島崎たちの一隊は、人目を引かないようにすこし離れて浅草にむかった。そして、賑やかな駒形堂の前から大川端の道に出て、すこし歩いたところで足をとめた。

「こっちでさァ」

銀次と松吉が先にたった。

島崎たちは大川端沿いの道に出ても、すこし間をとって歩いたので、通行人たちも足をとめて見るようなことはしなかった。

銀次は前方に大黒屋が見えてきたところで、川岸近くに足をとめ、

「あの二階建ての店が、大黒屋で」

と言って、通り沿いにある店を指差した。

まだ、昼前だったが、商売を始めたらしく、大黒屋の店先に暖簾《のれん》が出ていた。

「手筈《てはず》どおり、二手に分かれろ」

島崎が、その場に集まった捕方たちに指示した。

捕方の一隊は、二手に分かれて大黒屋に踏み込むことになっていた。島崎をはじめ銀次たちは本隊として大黒屋に踏み込み、女将のおとしを捕らえる。そして、

与三郎と浅吉、それに数人の捕方が、離れに踏み込むことになっていた。ただ、離れには、甚蔵も赤尾もいないはずだった。いても、大黒屋の奉公人だけとみて、人数をすくなくしたのだ。

「重吉、念のため、店の背戸にまわってくれ」

島崎が重吉に声をかけた。

「承知しやした」

重吉は、三人の捕方を連れて、大黒屋の脇をとおって裏手にむかった。おとしが裏手にでもいれば、背戸から逃げ出すかもしれない。その用心のためである。

「おれたちは、表から踏み込む」

島崎が銀次や捕方たちに声をかけた。

銀次は島崎の脇について、戸口に近付いた。そして、格子戸の前まで来ると、

「あけやす」

と声をかけ、格子戸をあけた。

格子戸は、すぐにあいた。土間の先が狭い板間になっていて、右手に二階に上がる階段があった。左手は、帳場になっているらしかった。

「いらっしゃい」

と、帳場から声がし、障子があいた。

姿を見せたのは、年増《としま》だった。女中らしい。

女中は、土間にいる島崎たち捕方を見て、凍りついたようにその場につっ立った。目を剝《む》いたまま、声を失っている。

「女将《おかみ》か！」

島崎が訊いた。身装から女中らしいと分かったが、念のため訊いたらしい。

「ち、ちがいます」

女中は声を震わせて言った。

「女将は、どこにいる」

「ちょ、帳場に……」

女中は、左手にある帳場に目をむけた。

「この店の客から、女将に酒を無理やり飲まされて酔い潰《つぶ》れ、財布ごと金を奪われたという訴えがあった」

島崎は、女中だけでなく近くにいる者にも聞こえるように声を大きくして言い、

「踏み込め！」

と、捕方たちに命じた。

銀次をはじめ捕方たち七、八人が板場に上がり、左手の帳場の障子を開け放った。

帳場に、三人の姿があった。女将らしい年増、それに年配の女中と若い衆だった。三人は驚いたような顔をして、侵入してきた捕方たちに目をむけた。

「女将か！」

島崎が、女将らしい年増に訊いた。

「は、はい、こ、これは……」

女将のおとしが、声を震わせて言った。何が起こったか、分からなかったのだろう。

「女将に酒を飲まされ、財布ごと金を奪われたとの訴えがあった」

島崎は、同じことをその場にいる年配の女中と若い衆にも聞こえる声で言った。女将だけでなく、店の女中や男たちにも甚蔵や辰五郎の件でないことを知らせるためである。

「お、お役人さま、何かの間違いです。……まったく、身に覚えがございません」

おとしは、後じさりながら声を震わせて言った。

「申し開きがあれば、番屋で訊く」

島崎が捕方たちに、「捕らえろ！」と声をかけた。

すぐに、銀次たち数人が、おとしを取り囲むようにまわり込んだ。そして、ふたりの捕方がおとしの手を後ろにとって縛った。

おとしは、凍りついたようにつっ立ったまま、捕方たちのなすがままになっていた。

「おとしは、客の財布を奪った科《とが》で捕らえた」

島崎が、その場に身を硬くしてつっ立っている年配の女中と若い衆に念を押すように言ってから、

「引っ立てろ！」

と、銀次たちに声をかけた。

島崎を初めとする捕方の一隊は、捕らえた女将を連れて店から出た。すぐに、銀次たち数人が離れと裏手にまわり、与三郎と捕方たちを連れてきた。離れに甚蔵の子分はいないし、裏手から逃げようとした者もいなかったようだ。

「引き上げるぞ」

島崎が声をかけた。

店の戸口に集まった女中や板場の包丁人らしい男、若い衆などが、呆然《ぼうぜん》とした顔で遠ざかっていく捕方の一隊に目をむけている。

二

島崎は、捕らえたおとしを諏訪町にある番屋に連れていった。そこは、銀次たちが権八から話を聞いた番屋である。

島崎は家主に、

「この女を吟味《ぎんみ》するから、しばらく他の者を入れるな」

と指示し、銀次だけ連れて奥の座敷に入った。

座敷に座らされたおとしは、

「お役人さま、何かのまちがいです。わたしは、お客を酔わせて財布を奪った覚えはありません」

と、訴えるように言った。

「女将が、客から財布を奪わなかったことは承知している」

島崎がおとしを見つめて言った。

「……！」

おとしは驚愕に目を剝いて島崎を見た。

「女将、ここに連れてきたのは、おまえから訊きたいことがあるからだ」

島崎は銀次に顔をむけ、「銀次から訊いてくれ」と声をかけた。

「へい」

と応え、銀次はおとしの前に出た。

おとしは、体を顫《ふる》わせて銀次を見つめている。

「女将さんの旦那は、辰五郎だな」

銀次が念を押すように訊いた。

「そ、そうですよ」

おとしが、声をつまらせて答えた。

「駒形町の店にはいなかったが、どこへ行ったのだ」

銀次が訊いた。

おとしは銀次に目をやり、戸惑《とまど》うような顔をしたが、

「し、知りませんよ」

と答え、視線を銀次から逸《そ》らせた。

「辰五郎は大黒屋のあるじだが、おまえの亭主でもある。その辰五郎の行き先を知らないのか」

銀次が語気を強くして訊いた。

「黙って出ていっちまったからね」

おとしが、急に蓮《はす》っ葉《ぱ》な物言いをした。地が出たようだ。

「おとし、船頭の五助を知ってるな」

銀次が五助の名を出した。

「し、知ってるよ」

「権八はどうだ。大黒屋の離れにいた権八だ」

銀次がおとしを見すえて訊いた。

おとしは、驚いたような顔をして銀次を見た、銀次が五助と権八のことを知っ

ていたからだろう。

「権八を知っているな」

銀次が語気を強くして言った。

「し、知ってるよ」

おとしが、声をつまらせて言った。離れに住んでいた権八を知らないというわけには、いかないと思ったのだろう。

「おとし、甚蔵という男も知っているな」

銀次が甚蔵の名を出した。

「……！」

おとしの顔が、ひき攣《つ》ったようにゆがんだ。

「知らないとは言わせないぞ。甚蔵は、権八と同じ離れにいたのだ」

「離れにいたことは、知ってるよ」

おとしが、肩を落として言った。

「いま、甚蔵はどこにいる」

銀次が知りたいのは、甚蔵の居所である。

「知らないよ」

「本所だ」

銀次が言った。

おとしは、驚いたような顔をして銀次を見た。甚蔵が本所にいることまで、知っているとは思わなかったのだろう。

「やはり、辰五郎は本所にいるのだな」

銀次が念を押すように訊いた。

それでも、おとしは喋《しゃべ》らなかった。ただ、顔が蒼《あお》ざめ、体の顫えが激しくなってきた。

「おとし、いまさら隠してどうなる。権八が、辰五郎は甚蔵といっしょにいると話したのだぞ」

銀次はそう言った後、

「辰五郎は、本所にいるな」

と、語気を強くして訊いた。

「そうだよ」

おとしが肩を落として言った。

「甚蔵と辰五郎がいるのは、北本所の番場町ではないか」

銀次は笠原を乗せた舟が、駒形町の対岸の北本所の桟橋に着いたことから、甚蔵や辰五郎の隠れ家は、北本所番場町ではないかとみていたのだ。

「番場町だよ」

おとしが、答えた。これ以上、隠せないと思ったのだろう。

「番場町のどこだ」

すぐに、銀次が訊いた。番場町と分かっただけでは、探すのがむずかしい。

「知らないよ。あたしは、亭主に番場町に行くと聞いただけだからね」

おとしが言った。

「その隠れ家は、大黒屋と同じように料理屋か」

「隠居所だと聞いたよ」

「隠居所……」

銀次は、番場町をまわって隠居所らしい家屋を探せば、甚蔵たちの隠れ家がつきとめられるのではないかとみた。

銀次はそこまでおとしに訊くと、島崎に目をやり、

「つづけても、いいですかい」

と、小声で訊いた。島崎をさしおいて、自分ばかり勝手に訊問をつづけていたからである。

「つづけろ」

島崎が言った。

銀次はあらためておとしに目をむけ、

「攫《さら》った娘たちは、どこにいる」

と、語気を強くして訊いた。銀次のもっとも知りたいことだった。

「し、知らないよ。あたしは、娘の居所は聞いたことがないんだ」

おとしが、向きになって言った。

「うむ……」

銀次は、おとしが嘘をついているとは思わなかった。

銀次が口をつぐむと、座敷は重苦しい沈黙につつまれた。

すると、島崎が身を乗り出すようにして、

「おとし、甚蔵のような親分が、まだ幼い娘を攫って、身の代金を奪うようなけちなことをするのは、どういうわけだ」

と、おとしを見据えて訊いた。

おとしは、戸惑うような顔をして口をつぐんでいたが、

「博奕《ばくち》やただの強請《ゆすり》じゃァ、金にならないからね。大店《おおだな》の娘を攫って金を出させるのが、手っ取り早いのさ」

と、開き直ったような口振りで言った。

「やはり、金か」

島崎が顔をしかめた。

それで、おとしに対する訊問は終わった。島崎によると、おとしを南茅場町《かやばちょう》にある大番屋の仮牢に入れておくという。

三

翌日、銀次、向井、与三郎、松吉、浅吉の五人は本所にむかった。甚蔵たちの

隠れ家と娘たちの監禁場所をつきとめるためである。

銀次たちは、甚蔵や子分の目にとまっても気付かれないように大工や職人ふうに身装《みなり》を変えていた。向井だけは牢人ふうである。

銀次たちは浅草寺の門前の広小路を通って大川にかかる吾妻橋《あづまばし》を渡った後、大川端の道を川下にむかった。そのまま川沿いの道を歩けば、北本所に出られる。

北本所に入ると、通り沿いに町家がつづいていた。通りかかるのも、町人が多くなったようだ。

「この辺りは、北本所番場町ですぜ」

与三郎がそう言って、左手の道に入った。そこは大きな通りで、人通りも多かった。

通りをしばらく歩いてから、与三郎が地元の住人らしい男に、番場町はこの辺りか、と訊くと、

「そうでさァ」

と、教えてくれた。

「この辺りに、隠居の住んでる家はないかな。おれの知り合いの旦那が、隠居し

てこの辺りに住んでるはずなんだ」

　与三郎が訊いた。

「知らねえなァ」

　男は素《そ》っ気《け》なく答えて、与三郎から離れた。

　銀次たちは、通り沿いに太い欅《けやき》が枝葉を茂らせているのを目にし、その樹陰まで行って足をとめた。

「どうだ、手分けして探さないか」

　銀次が男たちに目をやって言った。別々に探った方が埒《らち》が明くし、大勢でまとまって歩いていると人目につくのだ。

「それがいいな」

　すぐに、向井が言った。

　銀次たちは一刻（二時間）ほどしたら、いまいる欅の下にもどることにし、その場で別々になった。

　ひとりになった銀次は、通りを歩きながら隠居所のありそうな静かな路地を目にして入ってみた。

銀次は路地をしばらく歩き、通りかかったぼてふりに、

「この辺りに、隠居は住んでねえかい」

と、訊いてみた。

「この路地に、隠居の家はねえぜ」

「近くに隠居の住む家はねえかな。おれがむかし世話になった男でな、挨拶だけでもしてえんだ」

銀次は、頭に浮かんだことを口にした。

「この先の路地なら、大店の隠居の住む家があったな」

ぼてふりが、東方を指差して言った。

「遠いのかい」

「近くだよ」

ぼてふりは、それだけ言うと足早に銀次から離れていった。

銀次はいったん表通りに出て、さらに東にむかって歩いた。

「この路地か」

下駄屋の脇に、路地があった。

ぽつぽつと人影があったが、店屋はすくないようだった。仕舞屋《しもたや》や妾宅《しょうたく》ふうの家もあるらしい。

銀次は路地に入った。いっとき歩いてから、通りかかった男に近くに隠居所はないかと訊いてみた。

「この先に、大店の旦那だった男の隠居所がありやす」

男は路地の先を指差して言った。

「大店の旦那だったのか」

銀次が念を押すように訊いた。それが、事実なら甚蔵ではないことになる。

「へい、なんでも日本橋にある大きな呉服屋のご隠居だそうで。呉服屋の番頭らしい男が、顔を見せることがありやすぜ」

「呉服屋の隠居か」

銀次は、甚蔵の住む隠居所ではないかもしれないと思った。それでも、銀次は確かめてみるつもりで、

「行けば、すぐ分かるか」

と、男に訊いた。

「へい、黒板塀がめぐらせてあるんで、すぐに分かりやす」

そう言い置くと、男は急ぎ足で離れていった。

銀次は男に教えられた通り、さらに路地を歩いた。いっとき歩くと、前方右手に黒板塀をめぐらせた大きな家が見えてきた。

……なかなかの隠居所だ！

隠居所というより、金持ちの別邸を思わせるような造りだった。

銀次は路地の左右に目をやりながら歩いた。どこに、甚蔵の子分の目がひかっているか分からないのだ。

銀次が黒板塀に近付いたとき、

「銀次の親分」

と呼ぶ声が、路傍《ろぼう》で枝葉を茂らせている椿《つばき》の樹陰から聞こえた。

顔を出したのは、与三郎だった。銀次は、すぐに椿の樹陰にまわった。

「あれが、甚蔵の隠れ家か」

銀次が黒板塀をめぐらせた家に目をやって訊いた。

「あっしは、そうみてやす。近所をまわって訊いてみたんですがね。日本橋の大店の隠居という触れ込みで住んでるらしいんでさァ」

どうやら、与三郎は最初にこの路地に入り、隠居所が怪しいとみて、聞き込みにあたったようだ。

「そのことは、おれも聞いた」

銀次が言った。

「それが、徹底してやしてね。番頭らしい男が訪ねて来たり、奉公人らしい男が近所に呉服屋と言って挨拶に来たりしたそうでさァ」

「手が込んでいるな」

「まったく、人攫い一味の親分の住むような家じゃァねえ」

「ここは、甚蔵の隠れ簑《みの》か」

銀次は、隠れ家というより隠れ簑といった方がいいのではないかと思った。この隠居所だけではない。大黒屋の離れもそうである。甚蔵は腹心の子分や用心棒だけをそばに置き、料理屋や隠居所を隠れ簑にして、密《ひそ》かに子分たちを指図して悪事を働いているのだ。

「ここには、辰五郎や赤尾もいるのだな」

銀次が訊いた。

「いるはずだが、あっしが訊いた者は、武士が出入りするのを見たことがねえと言ってやした。……赤尾は人目に触れねえように、裏手から出入りしてるかもしれねえ」

「そうか」

銀次も、赤尾は近所の住人の目に触れないような場所から出入りしているとみた。呉服屋の隠居の住居に牢人が出入りしていては、近所の住人に不審の目をむけられる。

四

銀次と与三郎が、集まることに決めてあった欅《けやき》のところまで戻ると、向井、松吉、浅吉の三人が待っていた。

「銀次、甚蔵の居所は知れたか」

すぐに、向井が訊いた。

「知れやした。先に、与三郎がつかんだんでさァ」

そう言って、銀次は黒塀を巡らせた隠居所に甚蔵や赤尾たちが身をひそめているらしいことを話した。

「銀次、その隠居所に踏み込むか」

向井が意気込んで言った。

「すぐに踏み込むことは、できやせん。攫われた娘たちを助け出すのが先でさァ」

「娘たちは、隠居所に監禁されているのではないのか」

向井が訊いた。

「監禁場所は、別のところにあるとみてやす」

まだ子供であるふたりの娘は、どうしても泣いたり声を上げたりするだろう。近所の者や通りすがりの者が子供の泣き声を耳にすれば、不審に思う。大店の隠居という触れ込みで身を隠している隠居所に、ふたりの娘を監禁しておくことはないだろう。

銀次が思ったことを話すと、

「娘の監禁場所は、別かもしれんな」

向井がうなずいた。

「親分、どうしやす」

松吉が訊いた。

「隠居所に踏み込む前に、娘たちの監禁場所をつきとめて助け出すしかないな」

銀次が言うと、男たちは顔をけわしくして黙り込んだ。娘たちの監禁場所をつきとめるのは容易ではないとみたからだろう。

「手はある」

銀次が言うと、男たちの視線が集まった。

「ふたりの娘が監禁されている場所は、甚蔵の隠れ家と遠くないところにあるとみている。隠居所に出入りする者の跡を尾《つ》ければ、監禁場所がつきとめられるはずだ」

監禁場所には子分が出入りしているはずなので、甚蔵の隠れ家の近くにある、と銀次はみていた。

「親分、探しやしょう」

松吉が声高に言った。

「長丁場になるぜ」

銀次は、そう簡単に監禁場所はつきとめられないと思った。甚蔵も用心しているはずである。

「銀次、やるしかないだろう」

向井が言った。

銀次たちは、その日から隠居所を見張ることにした。長丁場になる恐れもあったので、陽が西の空にまわってから暮れ六ツ（午後六時）までとした。

その日、銀次たちは交替で隠居所を見張ったが、出入りする者はいなかった。翌日も銀次たちは隠居所を見張るために番場町に来た。五人もで見張ることはなかったので、また二手に分かれ、交替することになった。

八ツ半（午後三時）ごろ、銀次と松吉は、向井、与三郎、浅吉の三人に替わって見張りについた。向井たち三人は、表通りの一膳めし屋でめしを食いながら一休みしているはずである。

銀次と松吉が、隠居所につづく路傍の樹陰に身を隠して隠居所に目をやっていると、

「親分、あのふたり、隠居所に来たようですぜ」

と、松吉が声をひそめて言った。

「そうらしいな」

ふたりは、小袖《こそで》を尻《しり》っ端折《ぱしょ》りして黒股引《ももひき》を穿《は》いていた。左官か屋根葺《ふ》き職人のよう身装《みなり》だが、隠居所の木戸門の前に立つと、路地の左右に目をやってから門扉をあけて戸口にむかった。

ふたりは隠居所の戸口に立つと、引き戸をあけてなかに入った。慣れた様子である。

「親分、どうしやす」

松吉が訊いた。

「あのふたりが、出てくるのを待つのだ」

銀次は、ふたりは甚蔵の子分だろうと思った。何か、甚蔵に知らせることがあって来たのだろう。ふたりが帰る先は、娘たちの監禁場所かもしれない。

それから一刻（二時間）ほど過ぎた。陽は西の家並のむこうにまわっている。あと小半刻（三十分）もすれば、暮れ六ツ（午後六時）の鐘が鳴るだろう。

「親分、出て来やせんね」

松吉が、うんざりした顔でそう言ったときだった。隠居所の戸口があいて、ふたりの男が姿を見せた。

「出てきたぞ」

銀次が声をひそめて言った。

姿を見せたふたりの男は路地に出ると、左右に目をやり、近くに人影がないのを確かめてから表通りの方へむかって歩きだした。

ふたりは、何やら話しながら銀次たちが身を隠している前を通り過ぎた。

銀次と松吉は、ふたりの姿が遠ざかってから路地に出た。そして、通行人を装い、ふたりの跡を尾け始めた。

ふたりの男は尾けられるなどとは思っていないらしく、背後を振り返って見るようなことはなかった。

ふたりは表通りに出ると、東に足をむけた。すでに辺りは淡い夕闇につつまれ、表通り沿いの店の多くが、表戸をしめていた。灯の色があるのは、飲み屋、そば屋、一膳めし屋などの飲み食いできる店だけである。

「親分、やつはどこへ行く気ですかね」

歩きながら松吉が言った。

「やつらの塒だな」

銀次はそう言ったが、ふたりの娘の監禁場所かもしれないと思った。

ふたりの男は、しばらく表通りを歩いた後、一膳めし屋らしい店の手前で右手に折れた。そこに路地があるらしい。

「松吉、走るぞ」

銀次と松吉は走りだした。前を行くふたりの姿が見えなくなったからである。

一膳めし屋の脇まで行って、路地の先に目をやると、ふたりの男が見えた。何か話しながら歩いていく。

銀次と松吉は、ふたりの男の跡を尾け始めた。尾行は楽だった。路地は夕闇につつまれていたし、ちらほら人影があった。それで、ふたりが振り返って、銀次たちの姿を目にしても不審を抱かなかったからだ。

路地沿いの店はしだいにすくなくなり、仕舞屋《しもたや》が多くなった。空き地や笹藪《ささやぶ》などが目立つようになり、ひとの姿はほとんど見られなくなった。辺りは、ひっそりとしている。

銀次たちは物陰に身を隠しながら、ふたりの跡を尾けた。

そのとき、前を行くふたりの男の足がとまった。生け垣で囲われた仕舞屋の前である。

「あの家だ」

銀次が声を殺して言った。

ふたりは吹き抜け門の前に立ち、路地の左右に目をやってから門を入った。すぐに、木戸をあける音が聞こえた。ふたりの男は仕舞屋に入ったらしい。

銀次と松吉は足音を忍ばせて、ふたりの男が入った家に近付いた。門といっても簡素なもので、丸太を二本立てただけだった。門扉もない。

銀次たちは、門の脇に立ってなかを覗《のぞ》いてみた。妾宅《しょうたく》のような家だったが、思ったより大きかった。三、四間あるのではあるまいか。

家から、淡い灯が洩《も》れていた。かすかに、人声が聞こえたが、何を話しているかまったく聞き取れない。

「松吉、探ってみよう」

銀次が声を殺して言った。

銀次たちは吹き抜け門からなかに入り、戸口の板戸に身を寄せた。家のなかからくぐもった男の話し声が聞こえた。
三、四人いるらしかった。いずれも、町人の言葉である。何を話しているか聞き取れなかったが、隠居所のことを話しているようだった。親分とか赤尾の旦那という言葉が、聞き取れた。隠居所に出掛けたふたりが、この家に残っていた男に報告しているようだった。……ここが、娘たちの監禁場所かもしれない。
と、銀次は思った。

「裏手にまわってみよう」

銀次と松吉は、足音を忍ばせて家の脇をたどって裏手にまわった。

家の裏手近くまで来たとき、かすかに衣擦《きぬず》れの音がし、「お母さんに会いたい」と、女の子の声が聞こえた。

……ここに、監禁されている！

銀次は胸のなかで叫んだ。

つづいて、「あたしも、お母さんに会いたい」と別の女の子の声がした。

銀次は、ふたりの娘はここに監禁されていると確信した。そのとき、廊下を歩く足音がし、つづいて障子をあけるような音がした。娘たちの監禁されている部屋に、だれか来たらしい。

「おい、食い終えたか！」

男の声が、はっきりと聞こえた。

どうやら、監禁されている娘は、夕飯を食べていたらしい。

「顔を、向こうへむけろ」

と、言う男の声がした。

すぐに、微《かす》かに呻《うめ》くような声がした。女の子らしいか細い声である。

……猿轡《さるぐつわ》をかまされているようだ。

と、銀次は察知した。おそらく、ふたりの娘はめしを食う間だけ、猿轡を外されるのだろう。

銀次は松吉に、「行くぞ」と声を殺して言い、その場を離れた。これ以上、家のなかの様子を探る必要はなかったのだ。

銀次と松吉は、隠居所を見張る場所にもどった。すでに、辺りは深い夜陰につつまれていた。その闇のなかに、向井、与三郎、浅吉の三人の姿があった。

「娘たちの監禁場所が、知れやした」

すぐに、銀次が言った。

「知れたか」

向井が声を上げた。

「明日にも、助け出しやしょう」

銀次は、向井たちとともにその場を離れた。

銀次たちは夜陰につつまれた番場町の道を大川の方にむかって歩きながら、監禁されているふたりをどうやって助け出すか相談した。

五

ふたりの娘の監禁場所をつきとめた翌日、銀次たち五人は、ふたたび番場町にむかった。銀次たちは島崎に話して捕方の手を借りることなく、銀次たちだけで娘を助け出すことにしたのだ。

監禁している家にいる男は、三、四人らしかった。しかも、武士の赤尾は甚蔵の隠れ家の隠居所にいるとみていい。

銀次たち五人で監禁されている家に踏み込み、ふたりの娘を助け出すことはできるはずだ。それに、町方の手を借りれば騒ぎが大きくなり、隠居所に身をひそめている甚蔵たちは、すぐに察知して姿を消すだろう。そうなると、娘は助けられても甚蔵たちを捕らえるのがむずかしくなる。

七ツ半（午後五時）ごろだった。銀次たちは、辺りが薄暗くなったころ監禁されている家に踏み込むつもりでいた。

銀次たち五人は、娘たちが監禁されている家のある番場町の路地にむかった。

銀次は路地の前方に娘たちの監禁されている家が見えてきたとき、路傍に足をとめ、

「あの生け垣で、囲われた家だ」

と言って、指差した。

「すぐに、踏み込むか」

向井が、意気込んで訊いた。

「その前に、あっしと松吉で様子をみてきやす。旦那たちは、ここにいてくだせえ」

銀次がそう言い、松吉を連れて生け垣で囲われた家にむかった。

銀次と松吉は家のそばまで行くと、辺りに人影がないのを確かめてから生け垣に身を寄せ、足音を忍ばせて家の裏手にまわった。

家のなかから、廊下を歩くような足音や男のくぐもった声が聞こえた。いずれも、町人の言葉である。

銀次たちは、ふたりの娘が監禁されている近くに屈んで聞き耳をたてた。

……いる！

声は聞こえなかったが、着物が畳を擦るような音がかすかにした。昨日と同じ部屋に、娘が監禁されているとみていいだろう。

銀次と松吉は足音をたてないようにして路地に出ると、急いで向井たちのいる場にもどった。

「娘たちは、いるようだ」

銀次はそう言った後、西の空に目をやり、

「もうすこし暗くなってから踏み込もう」

と、言い添えた。すでに、陽は家並の向こうに沈んでいた。樹陰に淡い夕闇が忍び寄っている。

それからしばらくして、辺りが淡い夕闇につつまれると、銀次たちは樹陰から路地に出た。路地に人影はなかった。娘たちが監禁されている家から、淡い灯が洩れている。

銀次たちは吹き抜け門の前まで行くと、周囲に目をやって様子をうかがってから戸口に近付いた。

板戸がしまっていた。家からは、かすかに男たちの話し声が聞こえた。戸口近くの部屋に三、四人いるようだった。酒でも飲んでいるのか、瀬戸物の触れ合うような音や下卑《げび》た笑い声が聞こえた。

松吉が板戸に手をかけて、そっと引いた。戸は重い音をたて、すこしだけあいた。

「あきやすぜ」

松吉が小声で言った。

「あけろ」

銀次が指示した。

松吉が板戸を大きくあけた。戸をあける音がやけに大きくひびいた。

すぐに、銀次たち五人は踏み込んだ。土間の先が狭い板間になっていた。その先に障子がたててあった。その障子の向こうで、「だれか、来たようだぞ」という男の声が聞こえた。男たちは、障子の向こうにいるらしい。

板間の右手に、奥にむかう廊下があった。銀次は、廊下を奥へむかえば、娘たちの監禁されている座敷に行けるとみて、

「おれと松吉とで、娘を助けにいく」

と向井たちに言い、松吉とふたりで、板間に上がった。

そのとき、板間の先の障子があき、遊び人ふうの男が顔を出した。

男が声を上げた。

「だれだ、おめえたちは！」

向井、与三郎、浅吉の三人は板間に上がると、向井が抜刀し、与三郎と浅吉は十手を取り出した。

「町方だ！」

男が叫んだ。つづいて、座敷内にいた男たちの立ち上がる音がした。

この間に、銀次と松吉は廊下に出て奥にむかった。

向井たちはすばやい動きで板間に上がると、障子をあけ放った。座敷に四人の男がいた。ひとりは、障子をあけて顔を出した男である。

座敷で酒を飲んでいたらしく、貧乏徳利や湯飲みなどが置いてあった。

「さ、三人だ。やっちまえ！」

大柄な男が叫んだ。この男が、兄貴格らしい。

四人の男は、懐から匕首《あいくち》を取り出したり、座敷の正面の神棚に置いてあった長脇差を摑《つか》んだりした。そして、手にした匕首や長脇差を向井たちにむけた。

「おれが、相手だ」

向井は声を上げざま、長脇差を手にした男にむかった。

「やろう！」

叫びざま、男が長脇差でいきなり斬りかかってきた。

男は長脇差を振り上げて、袈裟《けさ》へ払った。

一瞬、向井は右手に跳びざま刀身を横に払った。神速の太刀捌《たちさば》きである。ドスッ、という鈍い音がし、向井の峰打ちが男の脇腹を強打した。男の長脇差の切っ先は、向井から一尺も離れたところの空を切って流れた。

男は呻き声を上げてその場に蹲《うずくま》った。

向井の動きは、それでとまらなかった。向井の太刀捌きに驚愕《きょうがく》し、匕首を手にして後じさった大柄な男に迫ると、

イヤアッ!

と、鋭い気合を発して、袈裟に刀身を払った。

向井の峰打ちが、男の肩口を強打した。

ギャッ! と、叫び声を上げて、男が後ろによろめき、踵《かかと》を畳に取られて尻餅《しりもち》をついた。そこへ、与三郎が飛び掛かった。

座敷にいた他のふたりは、悲鳴を上げて廊下へ逃げようとしたが、その前に向井が立ち塞《ふさ》がった。

六

銀次と松吉は、廊下を奥にむかった。

男たちのいる部屋からひとつ置いた二つ目の部屋の前まで来たとき、銀次は障子の向こうにひとのいる気配を感じた。

「ここだ！」

銀次が障子をあけた。

なかは暗かったが、ふたつの人影があるのが見てとれた。かすかに、ふたりの顔が識別できた。見開いた四つの目が、闇のなかで白く浮き上がったように見える。

銀次と松吉は、座敷に踏み込んだ。闇に目が慣れると、ぼんやりとふたりの娘の姿が見えた。座敷の隅で後ろ手に縛られ、猿轡をかまされている。

「助けにきたぞ」

銀次が、ふたりに声をかけた。

ふたりの娘は、目を瞠《みひら》いて銀次を見た。

銀次と松吉は、素早くふたりに近付き猿轡を取ってやった。ふたりは体を震わせて銀次と松吉を見つめていたが、

「ふたりとも、親の許《もと》に帰してやる」

と、銀次が声をかけると、ふたりの顔が急にゆがんだ。そして、ふたりの目から涙が溢《あふ》れて流れ出すのと、泣き声を上げるのとがいっしょだった。

銀次と松吉は、ふたりの娘の両腕を縛ってあった縄を手早く解いてやった。

「もう、泣くな。近所の者が駆け付けると、騒ぎが大きくなる」

銀次がやさしい声で言った。

するとふたりは口を強く結んで、泣くのを堪《こら》えた。喉の鳴る音と荒い息の音が聞こえるだけである。

銀次は、ふたりの娘に目をやり、

「お春は、どっちだ」

と、訊いた。銀次は、まだふたりがお春とおきよかどうか確かめてなかったのだ。

「お春です」

ほっそりした娘が名乗った。

「わたし、おきよです」

もうひとりの頬のふっくらした娘も名乗った。

「ここを出よう」

銀次と松吉は、ふたりを廊下に連れ出した。

廊下の先の座敷から、向井たちの声や座敷を歩きまわるような音が聞こえてきた。ただ、気合や刃物の弾き合うような音はしなかった。闘いは、終わったようだ。

銀次と松吉は、ふたりの娘を男たちのいた座敷の前まで連れていくと、娘たちを廊下に残して座敷に入った。

四人の男が、座敷のなかほどでへたり込んでいた。苦痛に顔をしかめて、呻き声を上げている者もいる。向井に峰打ちを浴びたり、与三郎に十手で殴られたりしたのだろう。その四人に、与三郎と浅吉が縄をかけていた。

向井は、銀次の姿を見るなり、

「娘たちは、どうした」

と、銀次に訊いた。

「ふたりとも、助けた。いま、廊下にいる」

「そうか」

向井が安堵《あんど》の色を浮かべた。与三郎と浅吉も、ほっとした顔をしている。

「こいつら、どうする」

向井が訊いた。

「ここに置いておくわけにはいかないな。甚蔵の手先が顔を出すと、すぐに町方が踏み込んだと気付くからな」

銀次は、甚蔵たちが気付くのを一日でも遅らせたかった。その間に、隠居所に踏み込んで甚蔵たちを捕らえるのである。

「今夜のうちに、仲町にある番屋まで連れて行こう」

銀次が言った。

諏訪町の番屋だと、甚蔵たちに気付かれる恐れがあった。それで、銀次は池之端仲町まで連れていこうと思ったのだ。

「娘はどうしやす」

松吉が訊いた。

「いっしょに連れていく」

銀次たちは捕らえた四人に猿轡をかませ、人通りの途絶えた路地をたどって大川端の通りまで出た。助け出したふたりの娘もいっしょである。

銀次たちは大川端の通りを経て、大川にかかる吾妻橋を渡った。そして、人通りのある浅草寺近くの道を避け、裏路地や新道をたどって池之端仲町にむかった。路地や通りは夜陰につつまれ、人と出会うことはほとんどなかった。

銀次たちは、捕らえた四人を番屋に残し、助け出したふたりの娘は、嘉乃屋に連れていった。今夜は嘉乃屋で夕餉《ゆうげ》を食べさせ、明日の朝、それぞれの家に連絡して娘を引き渡すつもりだった。

おきみは、暖簾《のれん》をしまって店をしめるところだった。

おきみは店に入ってきた大勢の男とふたりの娘を見て、驚いたような顔をしたが、ふたりの娘が人攫い一味に攫われていたことを知ると、

「もう心配いらないのよ。今夜は、ここでゆっくり休んでね。明日には、家に帰

れるからね」

と、優しい言葉をかけた。

そして、おきみは与三郎にも手伝ってもらって遅い夕餉の支度《したく》を始めた。

翌朝、嘉乃屋に向井、与三郎、松吉、浅吉の四人が顔を見せた。松吉と浅吉は、すぐに松島屋と富永屋に走った。ふたりの娘を助け出したことをそれぞれの親に知らせ、引き取ってもらうためである。

一方、銀次たち三人は、嘉乃屋に残り、松島屋と富永屋から迎えが来るのを待って、引き渡すつもりだった。それに、銀次には昼前に、どうしても会わなければならない男がいた。定廻り同心の島崎綾之助である。

銀次は明朝にも北本所番場町に向かい、隠居所に身をひそめている甚蔵たちを捕らえるつもりでいた。隠居所には、甚蔵の他に、腕のたつ赤尾や子分たちもいるので、銀次たちだけでは返り討ちに遭う恐れがあった。そのため、銀次は今日の内に島崎に会い、明日の朝にも島崎の率いる捕方とともに番場町にむかいたかったのだ。

松吉が嘉乃屋を出て、半刻（一時間）ほどすると、松島屋のあるじの庄蔵と女房のおとせ、それに帳場をまかされている益蔵が駆け付けた。

おとせはお春と顔を合わせると、抱き締めて、

「お、お春、よかった。よかった」

と、涙声で言った。

お春も母親の胸に顔を押しつけて、オンオンと泣き声を上げた。

庄蔵は涙声で銀次たちに礼を言い、何度も頭を下げて、

「落ち着いたら、あらためてお礼に伺います」

と言ってから、お春を連れて嘉乃屋を出た。

庄蔵たちが帰ると、銀次は向井とおきみに、助け出したおきよのことを頼み、与三郎を連れて、神田川にかかる和泉橋にむかった。橋のたもとで、市中巡視のために通りかかる島崎を待つためである。

銀次たちが橋のたもとに立って、小半刻（三十分）ほど経つと、島崎が小者と岡っ引きを連れて姿を見せた。

銀次は与三郎とともに島崎に走り寄り、

「お伝えすることがあって、待ってやした」

と、声をかけた。

島崎は足をとめずに歩きながら、

「話してみろ」

と、声をかけた。

「昨日、攫われたふたりの娘を助け出しました」

そう切り出し、銀次は昨日ふたりの娘を助け出すまでの経緯をかいつまんで話し、

「捕らえた四人は、池之端仲町の番屋に連れてきてあります」

と、言い添えた。

「さすが、銀次だ。やることが早い」

島崎は感心したように言った後、

「それで、頭目の甚蔵はどうした」

と、声をあらためて訊いた。

「甚蔵は、あっしらだけでは手が出やせん。それで、島崎の旦那の御判断を仰《あお》ぎ

たいんでさァ」

と前置きし、甚蔵や赤尾が、子分たちといっしょに番場町の隠居所に身をひそめていることを話した。

「おれが、捕方を出す」

島崎がすぐに言った。

「それが、旦那、攫った娘たちが監禁されていた家と甚蔵たちの隠れ家が、それほど遠くねえんでさァ。……今日、明日にも、甚蔵たちは娘たちが助け出されたことを知るかもしれねえ」

「銀次、甚蔵たちは娘が助け出されたことを知ったら、その隠れ家から姿を消すとみているのか」

島崎が足をとめて訊いた。

「へい、甚蔵は自分たちにも捕方の手が迫るとみて、姿をくらますんじゃァねえかと……」

銀次は一刻も早く番場町にむかいたかった。

「そうかもしれんな」

島崎はゆっくりと歩き出し、また、足をとめると、

「銀次、すぐに、甚蔵の隠れ家の見張りにだれかつけろ。おれは、明日の朝にも捕方がむけられるように手配する」

島崎が強い口調で言った。

第六章　まろほしと剣

一

　銀次は、島崎と会った翌日、向井と与三郎といっしょに嘉乃屋を出た。五ツ(午前八時)ごろだった。松吉はまだ暗い内に家を出て、途中浅吉といっしょに北本所番場町の甚蔵たちの隠れ家に向かったはずである。ふたりは、銀次たちが着くまで、隠れ家を見張ることになっていたのだ。

　銀次たち三人は浅草寺の門前通りに出てから、大川にかかる吾妻橋を渡って本所に出た。それから川沿いの道を南に向かって歩き、北本所に入って間もなく左手の通りに足をむけた。そして、通り沿いにある下駄屋の脇の路地に入った。路地の先に、甚蔵たちが身を隠している隠居所がある。

銀次たちは路地をいっとき歩いて、前方に黒板塀を巡らせた隠居所が見えてきたところで足をとめた。迂闊《うかつ》に、隠居所に近付いて甚蔵の子分たちの目にとまれば、せっかくここまで追い詰めた甚蔵たちに逃げられてしまう。それに、近くで松吉と浅吉が隠居所を見張っているはずだ。

「あっしが、ちょいと見てきやす」

そう言い残し、与三郎は通行人を装って隠居所にむかったが、半町も歩かないところで足をとめた。

見ると、路地沿いの樹陰から松吉が姿をあらわし、浅吉とふたりしてこちらにもどってきた。どうやら、松吉と浅吉はその樹陰から隠居所を見張っていたらしい。

銀次はふたりがそばに来ると、

「変わった様子はないか」

と、松吉に訊いた。

「へい、甚蔵は隠居所にいやす」

松吉によると、朝のうちにこの場に着いたので、通行人を装って隠居所に近付き、黒板塀の陰に身を寄せて、なかの様子をうかがったという。そのとき、子分らしい男の「甚蔵親分」と呼ぶ声がかすかに聞こえたそうだ。

「与三郎、松吉たちといっしょに見張りをつづけくれ」

銀次は、そのつもりで与三郎を同行してきたのだ。

「承知しやした」

与三郎も、松吉たちと見張りをするつもりで来ていた。

銀次と向井は、来た道を引き返した。ふたりは大川端の道に出て、島崎が捕方の一隊を連れて姿を見せるのを待つのである。

島崎たち捕方の一隊は、なかなか姿を見せなかった。銀次たちが大川端の道に出て、一刻（二時間）ほど経ったろうか。うんざりしていた向井が、急に身を乗り出すようにして通りの先に目をやり、

「銀次、来たぞ」

と、声高に言った。

見ると、島崎を先頭に十数人の男たちが、こちらに歩いてくる。大黒屋に踏み

込んだときと同じだった。捕方といっても、島崎が使っている小者や奉行所の中間、それに岡っ引きや下っ引きたちである。島崎は、ふだん市中巡視をしているときの身装《みなり》だった。捕方たちもふだん町を歩いている格好をしていた。

通りすがりの者たちも、島崎たちの一隊を見て足をとめなかった。たいした捕物ではなく、八丁堀同心が手先を連れて、こそどろか喧嘩《けんか》でもした男を取り押さえに行くとみたのだろう。

銀次と向井は、足早に島崎に近付いた。

「銀次、甚蔵は隠れ家にいるのか」

すぐに、島崎が訊いた。そのことが、島崎も気になっていたようだ。

「いやす」

銀次は、与三郎たちが隠居所の見張りをつづけていることを話した。

「このまま隠居所にむかう。銀次、案内してくれ」

島崎は捕方にも聞こえる声で言った。

「へい」

銀次が先にたった。向井は銀次の後ろについてくる。

銀次を先頭にした一隊は、北本所番場町に入った。そして、下駄屋の脇の路地に入った。路地を歩いていた者たちは、八丁堀同心が十数人もの男たちを連れて踏み込んできたのを見て、慌《あわ》てて路傍《ろぼう》に身を寄せた。その人数と気配から、巡視ではないと分かったのだろう。

前方に黒板塀をめぐらせた隠居所が見えてくると、銀次は路傍に足をとめ、

「あの板塀をめぐらせた家でさァ」

と言って、指差した。

「隠居所にしては、大きな家だ」

「赤尾や子分たちもいるとみてやす」

銀次と島崎が話しているところに、路地沿いの樹陰から与三郎が姿をあらわし、銀次たちのそばに近寄ってきた。

「変わりないな」

銀次が念を押すように訊いた。

「へい、あっしがここに来てから、隠居所に出入りした者はだれもいやせん」

与三郎が、島崎にも聞こえる声で言った。

「銀次、板塀がめぐらせてあるようだが、家に踏み込めるのか」

島崎が訊いた。

「扉のない門で、通りから戸口にむかえやす」

銀次は、前もって門を見てあった。ふたりの娘を監禁してあった家と同じで、門扉のない吹き抜け門である。門からは入れるが、家の戸口の板戸が、あくかどうか分からない。ただ、捕方のなかに板戸を打ち壊すために、鉈《なた》かちいさな斧《おの》を持参した者がいるはずである。捕物の経験の豊富な島崎は、こうした隠れ家に踏み込む場合、必要な物を捕方に持参させることが多かった。

「いくぞ」

島崎が捕方に声をかけた。

銀次と与三郎が先頭にたち、捕方の一隊がつづいた。向井、松吉、浅吉の三人は銀次の脇についている。

銀次たちは吹き抜け門の前まで来ると、足をとめて隠居所に目をやった。家のなかからかすかに足音や話し声が聞こえたが、話の内容までは聞き取れない。

島崎が、脇にいた重吉に裏手にまわるよう指示した。重吉は無言でうなずいた。

すでに、島崎は重吉に話してあったようだ。

「行くぞ」

島崎が小声で言い、捕方たちに手を振って合図した。

二

銀次たちと島崎の率いる捕方の一隊は吹き抜け門から入り、戸口にむかった。重吉と五人の捕方が、一隊から分かれた。家の脇を通って、裏手に向かうのだ。

銀次はそばにいた与三郎と浅吉に、重吉たちといっしょに裏手にまわり、何かあったら知らせるよう指示した。

すぐに、与三郎は浅吉を連れ、重吉たちにつづいて裏手にむかった。

銀次たちと捕方の一隊は、足音を忍ばせて隠居所の戸口に近付いた。そして、戸口に身を寄せると、捕方のひとりが板戸を引いた。

「あきやせん。心張り棒がかってあるようでさァ」

と、声を殺して言った。

「戸をぶち壊せ」

島崎が指示した。

すると、力のありそうながっちりした体軀《たいく》の捕方が、持参した鉈を取り出し、板戸に向かって振り下ろした。

バキッ、という大きな音がし、戸の板が割れて、大きな裂け目ができた。捕方はさらに鉈をふるった。そして、板戸に大きな穴ができると、捕方は片腕をつっ込んで心張り棒をはずした。

捕方が板戸を引くと、大きな音をたててあいた。

「踏み込め！」

島崎が声をかけた。

敷居の先が、土間になっていた。その先に、狭い座敷がある。座敷にふたりの男が立っていた。ふたりとも、遊び人ふうである。戸口の物音を聞いて、奥の座敷から飛び出してきたらしい。

「捕方だ！」

「踏み込んできやがった！」

ふたりが、大声で叫んだ。

銀次をはじめ、捕方の一隊が土間に踏み込んだ。土間の先は狭い座敷になっていた。その先に襖《ふすま》がたててある。その襖があいて、別の男が姿を見せた。牢人体だった。赤尾である。

赤尾はさらに奥にたててあった襖をあけ放ち、

「捕方を迎え撃て！」

と、叫んだ。

奥の座敷にも、何人かいるようだった。男たちの怒声と畳を踏む音がひびいた。

銀次、向井、それに、五、六人の捕方が座敷に踏み込んだ。捕方たちは、十手や六尺棒を持っている。

御用！

御用！

捕方たちが声を上げ、座敷にいたふたりの男に手にした十手や六尺棒をむけた。

座敷にいたふたりの男は、懐から匕首《あいくち》を取り出して身構えたが、顔が蒼《あお》ざめ、手にした匕首が震えている。

そのふたりの背後に、四人の男がいた。赤尾と遊び人ふうの男がふたり、その三人のすぐ後ろに、商家の旦那ふうの男が立っている。

「辰五郎だ！」

銀次が声を上げた。

商家の旦那ふうの男は、大黒屋のあるじの辰五郎である。やはり、甚蔵の隠れ家に身を隠していたようだ。

「捕れ！」

島崎が声を上げると、さらに三人の捕方が土間から座敷に上がった。

ただ、銀次はこの場で赤尾たちとやり合うと大勢の犠牲者が出るとみた。何とか、赤尾だけでも引き離したいと思い、座敷の左右に目をやった。

座敷の左手の障子があいていて、濡縁《ぬれえん》が見えた。その先が庭になっている。

銀次はまろほしを手にすると、捕方たちの前に出て、

「赤尾、庭に出ろ！　おれのまろほしを受けてみろ」

と、叫んだ。

銀次は赤尾を庭に引き出して闘うつもりだった。

赤尾は銀次の手にしたまろほしを見て、戸惑うような顔をした。初めて目にする武器だったのだろう。

「恐れをなしたか！」

銀次が、なじるように言った。

「おもしろい、相手になってやる」

赤尾は、抜き身を手にしたまま濡縁《ぬれえん》に出た。

銀次は捕方たちの間を抜けて濡縁に出ようとした。すると、向井が銀次についてきて、

「おれもいく」

と言って、濡縁にむかった。向井は、銀次がまろほしを遣っても、赤尾に後れをとるとみたのかもしれない。

座敷のなかで、捕物が始まった。

捕方たちは、匕首や長脇差を持った四人の男と背後にいる辰五郎に十手や六尺棒をむけた。

辰五郎はひき攣《つ》ったような顔をして、四人の男の後ろに身を引いている。

「捕れ！　ひとりも逃がすな」

島崎が叫んだ。

その声で、六尺棒を手にした捕方のひとりが、前にいた遊び人ふうの男の脇から踏み込み、

「神妙にしろ！」

と、叫びざま、六尺棒を振り下ろした。

遊び人ふうの男は捕方の方に体をむけ、手にした匕首を振り上げて六尺棒を受けようとした。だが、一瞬、遅れた。

ゴツ、という鈍い音がし、男の顔が横に傾《かし》いだ。六尺棒が、男の頭を強打したのだ。男は匕首を取り落としてよろめいた。

すかさず、そばにいた捕方が踏み込み、よろめいた男に足をかけて、その場に押し倒した。そして、別の捕方とふたりで、男の両腕をとって早縄をかけた。

座敷にいた三人の男は、何人もの捕方から六尺棒や十手で攻められ、座敷の隅に追い詰められた。

この様子を見た辰五郎は、反転して奥の座敷へ逃げようとした。

「逃がすかい！」

叫びざま、松吉が十手で辰五郎を背後から殴りつけた。

十手が辰五郎の後頭部を直撃し、辰五郎は低い呻き声を上げ、腰からくずれるようにその場に転倒した。

そこへ、ふたりの捕方が飛び掛かり、辰五郎の両腕を後ろにとって早縄をかけた。

それを見た島崎が、

「奥だ！　奥へ行くぞ」

と、捕方たちに声をかけた。肝心の甚蔵の姿が見えなかったからだろう。

三

銀次は濡縁で、赤尾と向き合ったが、

「庭に出ろ！」

と声をかけ、庭に飛び下りた。濡縁は狭く、左右に動くことができない。まろほしで刀を持った相手と闘うとき、前後しか動けない場では不利である。

赤尾もつづいて庭に下りた。

庭も広くなかった。紅葉や梅などの庭木が植えられ、濡縁に近いところだけ小砂利が敷いてあった。

後れて濡縁に出た向井は濡縁から庭に出ると、赤尾の左手にまわった。そこは、梅の木の根元だった。自在に刀をふるうのはむずかしい。

「ふたり、がかりか！」

赤尾が顔をしかめた。

「いかにも」

そう言って、向井は切っ先を赤尾にむけた。銀次が危ういとみたら助けに入るつもりだったのだ。

「きやがれ！」

銀次はまろほしの槍穂を赤尾にむけて身構えた。

赤尾は青眼に構え、剣尖《けんせん》を銀次の目線につけた。腰の据《す》わった隙のない構えである。

……遣い手だ！

と、銀次は察知した。

構えに隙がない上に、銀次にむけられた剣尖には、そのまま眼前に迫ってくるような威圧があった。

ふたりの間合は、およそ二間――。

剣の立ち合い間合としては近いが、まろほしで闘うには遠間《とおま》だった。まろほしは、敵に接近しないと槍穂で突くことができないのだ。

「いくぞ」

先《せん》をとったのは、赤尾だった。

青眼に構えたまま、足裏を摺《す》るようにして銀次との間合を狭めてきた。対する銀次は、動かなかった。赤尾との間合と斬撃の起こりを読んでいる。

まろほしは剣と闘うとき、どうしても受け身になる。敵が斬り込んできたのを刀受けで受けてから、槍穂で突くという攻撃になるからだ。

……斬られるかもしれねえ！

と、銀次は頭のどこかで思った。

迫ってくる赤尾の体が大きく見え、全身に気勢が満ちていた。銀次は、赤尾の気魄《きはく》と剣尖の威圧に圧倒されそうだった。

ふいに、赤尾の寄り身がとまった。一足一刀の斬撃の間境《まざかい》の近くである。

赤尾の全身に、斬撃の気が満ちてきた。いまにも、斬り込んできそうである。

そのときだった。ふいに、向井が一歩踏み込み、イヤアッ！　と裂帛《れっぱく》の気合を発した。斬り込むと見せたのである。

赤尾が向井の気合に反応した。寄り身をとめ、体を向井にむけようとした。

この一瞬の隙を、銀次がとらえた。スルッ、とまろほしの穂先のとどく間合に踏み込んだ。

次の瞬間、赤尾が銀次の寄り身を察知し、体を銀次にむけながら斬り込んだ。

真っ向へ――。

刹那、銀次はまろほしの刀受けで赤尾の切っ先を受け流し、さらに踏み込んで槍穂で突いた。一瞬の攻防である。

まろほしの槍穂の先が、赤尾の右の二の腕を突き刺した。だが。赤尾は刀を取り落とさなかった。すばやく後ろに跳ぶと、大きく振りかぶり、ふたたび真っ向へ斬りつけようとした。

このとき、向井が裂帛の気合を発して赤尾の背後から斬り込んだ。銀次が危ういとみて、反応したのである。

袈裟へ――。神速の斬撃である。

ザクリ、と赤尾の肩から背にかけて裂けた。赤くひらいた傷から血が迸《ほとばし》り出た。深い傷である。

赤尾は呻き声を上げながらよろめき、足がとまると腰からくずれるように転倒した。赤尾は伏臥《ふくが》し、両手を地面について首を擡《もた》げた。そして、身を起こそうとしたが、わずかに前に這《は》っただけだった。

赤尾は地面に臥して四肢を動かしていたが、いっときすると動かなくなった。息の音も聞こえない。

「死んだ」

向井が、倒れている赤尾に目をやって言った。

「旦那のお蔭で、命拾いしやした」

銀次はそう言って、向井に頭を下げてから縁側に上がった。まだ、肝心の甚蔵を捕らえてなかったのだ。

銀次につづき、向井も抜き身を手にしたまま縁側に上がった。

座敷から、男の叫び声と捕方たちの御用という声が聞こえた。銀次と向井が座敷に踏み込むと、五、六人の捕方と後ろ手に縛られた遊び人ふうの男がふたり、それに辰五郎の姿があった。

「島崎の旦那は」

銀次が捕方のひとりに訊いた。

捕方のひとりが答えると、脇にいたもうひとりが、

「奥へ行きやした」

「甚蔵が、奥の座敷にいるらしいんでさァ」

と、言い添えた。

銀次と向井は、座敷の右手にあった廊下へ出た。隠居所の裏手の方へ目をむけると、廊下沿いに三間あることが知れた。廊下の突き当たりは、台所になっているらしく、わずかに流し場が見えた。

奥の座敷から、男の怒声と捕方らしい男の声が聞こえた。甚蔵は奥の座敷にいるのかもしれない。

「旦那、行きやしょう」

銀次が先にたち、廊下を奥にむかった。

四

銀次と向井が奥の座敷の前まで来たとき、「甚蔵、神妙にしろ！」という島崎の声が聞こえた。

銀次が、障子をあけはなった。そこは広い座敷だった。島崎をはじめ、七、八人の捕方がいた。

座敷の奥に、三人の男が立っていた。ふたりは、甚蔵の子分らしい。長脇差を持っていた。そのふたりの背後に、大柄な男が立っている。五十がらみであろうか。でっぷりした体軀で、赤ら顔。眉が濃く、ギョロリとした目をしていた。

……この男が、甚蔵だ！

銀次は、直感的に思った。これまで甚蔵を追ってきて、初めて目にしたのである。

「こやつが、甚蔵だな」

向井が、甚蔵を見すえて言った。

「捕れ！」

島崎が、捕方たちに声をかけた。

御用！

御用！

捕方たちが声を上げながら十手や六尺棒を座敷の奥にいる甚蔵とふたりの男にむけたが、なかなか踏み込めなかった。

甚蔵の前に立っているふたりの男は長脇差を手にし、いまにも斬りかかってきそうな気配を見せていた。ふたりには、捨て身で斬り込んでくる必死さがあった。

捕方たちも、ふたりの気魄に押されて踏み込めないでいる。

「前をあけろ、おれが相手してやる」

向井が、ふたりの男と対峙している捕方たちの間に割り込んだ。すると、捕方たちは、脇に身を引いた。

「なんだ、てめえは！」

浅黒い顔をした男が叫んだ。

「町方の助太刀だ」

言いざま、向井は切っ先を浅黒い顔の男にむけた。

「やろう！　生かしちゃァおかねえぞ」

浅黒い顔の男は長脇差の切っ先を向井にむけ、ジリジリと近付いてきた。甚蔵に身を寄せていては、長脇差が自在にふるえないとみたらしい。おそらく、甚蔵の指図で、ひとを斬ったことがあるのだろう。

向井は動かなかった。腰を沈めて、どっしりと構えている。近くにいた銀次と捕方たちは、すこし身を引いた。向井が存分に刀がふるえるように間をあけたのだ。

ふいに、男の寄り身がとまった。すでに、向井の斬撃の間境に踏み込んでいる。

「死ね！」

叫びざま、男が斬り込んできた。

振りかぶりざま、真っ向へ――。気攻めも間合の読みもない唐突な仕掛けだった。喧嘩殺法といっていい。

咄嗟《とっさ》に、向井は身を引いて男の切っ先をかわし、刀身を袈裟に払った。その切っ先が、前に伸びた男の右腕をとらえた。

ダラリ、と、男の右の前腕が垂れ下がった。向井の一撃は、男の腕の皮肉をわずかに残して骨まで切断したらしい。

ギャッ！　と叫び声を上げ、男は前によろめいた。そこへ、捕方たちが飛び掛かり、男を引き倒して押さえつけた。

これを見たもうひとりの男が、「ちくしょう！」と叫びざま、いきなり長脇差を振りかぶって、近くにいた捕方に斬りつけようとした。

咄嗟に、銀次が男の前に踏み込み、まろほしで長脇差を受けた。そして、手首をひねって、長脇差を奪いとった。

これをみたふたりの捕方が男に飛び付き、足をからめて畳に押し倒した。そして、捕方は男の両腕を後ろにとって縄をかけた。

座敷の隅につっ立っていた甚蔵は、顔をしかめ、低い唸《うな》り声を上げていた。

島崎が甚蔵の前に立ち、

「甚蔵、観念しろ！」

と、声をかけた。

「お、おれは、甚蔵などという男は知らねえ」

甚蔵が声をつまらせて言った。

「往生際《おうじょうぎわ》が悪いぞ。おめえが、甚蔵だということは分かっているんだ。それに、おめえはまだ気付いてねえようだが、攫ったふたりの娘は、助け出したぜ」

島崎が言った。伝法な物言いである。

「なんだと」

甚蔵が驚いたような顔した。

そのとき、銀次が島崎の脇から口を挟んだ。

「お春とおきよは、いまごろ両親《ふたおや》に、生け垣で囲まれた家に閉じ込められていたときのことを話してるかもしれねえぜ」

銀次が、生け垣で囲まれた家と口にしたのは、お春たちを助け出したことを甚蔵に信じさせるためだった。

「ちくしょう！」

甚蔵は顔を赭黒《あかぐろ》く紅潮させ、握りしめた拳をぶるぶると震わせた。

「こいつに、縄をかけろ」

島崎が近くにいた捕方たちに指示した。

すぐに、三人の捕方が甚蔵の手を後ろにとって縄をかけた。甚蔵はその場につっ立ったまま、捕方たちのなすがままになっている。

捕方が甚蔵を縛り上げたところに、裏手にまわった与三郎と重吉たちが入ってきた。与三郎が、裏手に甚蔵の子分はいないことを話した後、

「こいつが、甚蔵ですかい」

と、縄をかけられている赤ら顔の男を目にして訊いた。

「そうだ。この男が、闇の甚蔵だ」

銀次が甚蔵を見つめて言った。

「ひったてろ！」

島崎が捕方たちに声をかけた。

五

「みなさん、お酒の追加ですよ」

おきみが、銚子を手にして板場から出てきた。

そこは、嘉乃屋の小上がりだった。銀次、向井、松吉、浅吉の四人が、酒を飲んでいた。松吉と浅吉は、小上がりで酒を飲むことは少なかったが、銀次がふたりも小上がりに上げたのである。

「与三郎は、手が離せるか」

銀次がおきみに訊いた。

「ええ、今日はお客さんに遠慮してもらったので、手はすいてますよ」

「ここに、呼んでくれ」

銀次は、与三郎ともいっしょに飲もうと思った。

「すぐ呼んできます」

おきみは、板場にもどった。

銀次たちが、島崎たち捕方とともに甚蔵を捕らえて五日が過ぎていた。昨日、松島屋の庄蔵と富永屋の宗兵衛が相次いであらわれ、あらためて娘を助けてもらった礼を言った後、金子《きんす》を置いていった。

「これを、もらうわけにはいかねえ」

銀次はそう言って断ったのだが、庄蔵も宗兵衛も、てまえの気持ちだと言って、置いていったのだ。

銀次はひとりで懐に入れるわけにはいかなかったので、向井や松吉たちを嘉乃屋に集めて、金を分けようとした。

すると、向井が、

「この金は、おれたちの飲み代にする」

と、声高に言って、銀次に押し返した。

そうしたやり取りがあって、今日、向井や松吉たちが嘉乃屋に集まっていたのだ。

「向井の旦那、もう一杯」

そう言って、銀次が銚子を向井にむけた。

「おお、すまんな」

向井は目を細めて、猪口を銀次にむけた。向井は、酒が強かった。滅多に酔いつぶれるようなことはない。

向井が猪口の酒を飲み干したところに、与三郎が姿を見せた。与三郎は濡れた前垂れをはずして丸めると、

「お邪魔しやす」

と言って、銀次の脇に腰を下ろした。

「与三郎、待っていたぞ」

向井が銚子を手にして、与三郎の猪口に酒をついでやった。

向井は与三郎がその酒を飲み干すのを待ってから、

「ところで、銀次、捕らえられた甚蔵はどうなるな」

と、訊いた。

与三郎や松吉たちも、銀次に顔をむけた。気になっていたらしい。

「いまごろ、大番屋で与力の旦那の吟味を受けてるはずでさァ」

銀次が言った。

島崎は、捕らえた甚蔵を南茅場町にある大番屋に連れていった。大番屋は、調べ番屋と呼ばれ、下手人を入れておく仮牢もあった。そこで、甚蔵は吟味方与力の手で、吟味を受けているはずである。

「あれだけの悪事を働いたのだ。獄門はまぬがれまい」

向井が言った。

「あっしも、そうみてやす」

銀次も、甚蔵は市中引き回しの上獄門になるだろうと思った。

それからいっとき酒を飲んだ後、

「大黒屋はどうなったかな」

と、向井がつぶやくような声で言った。その後、銀次は駒形町に足を運んでいなかったのだ。

「大黒屋のことは、聞いてやすぜ」

松吉が身を乗り出して言った。

「話してみろ」

銀次がうながした。

「知り合いの船頭から聞いたんですがね、大黒屋はしまったままだそうでさァ。女中も包丁人も船頭も、みんな店を出ちまったらしい」

松吉が言った。

「仕方あるまい。大黒屋を継ぐ者はいないからな」

そう言って、銀次は向井や与三郎の猪口に酒を注《つ》いでやった。

次に口をひらく者がなく、小座敷が静かになったとき、それまで黙って男たちのやり取りを聞いていた浅吉が、

「銀次親分に、お願《ねげ》えがありやす」

と、声をあらためて言った。いつになく、緊張した顔付きをしている。

「なんだ、願いとは」

銀次が訊いた。

その場にいた向井、与三郎、松吉の目も、浅吉に集まっている。

「あっしは、銀次親分たちのお蔭で、峰助親分の敵《かたき》が討てたような気がしやす」

「おれのことはともかく、浅吉は峰助親分の敵を討ったのだ」

銀次が言った。

「それで、銀次親分にお願いがありやす」

「話してみろ」

「あっしを親分の子分にしてくだせえ。松吉兄いのように、銀次親分の下で捕物にあたりてえんで」

そう言って、浅吉は銀次に頭を下げた。

「おれの子分だと……」

銀次は返答に窮した。思ってもいなかったことを、急に言われたからである。

すると、向井が、

「銀次、浅吉はいい手先になるぞ」

と言って、顔をほころばせた。

「浅吉、いっしょにやろう」

松吉が声をかけた。

与三郎も、目を細めて浅吉に目をやっている。

そこへ、おきみが銚子を手にして板場から出てきた。おきみは、男たちが浅吉に声をかけているのを見て、

「何かあったんですか」

と、銀次に訊いた。

すると、向井が、

「女将、浅吉がな、今日から、銀次の手先になったのだ。松吉の弟分だな」

と、声高に言った。

「まァ、そうなの」

おきみが、銀次に目をやって訊いた。

銀次は照れたような顔をして、ちいさくうなずいた。

この作品は徳間文庫のために書下されました。

徳間文庫

新まろほし銀次捕物帳

鬼《おに》の隠《かく》れ簑《みの》

2018年7月15日 初刷

著者 鳥《と》羽《ば》亮《りょう》

発行者 平野健一

東京都品川区上大崎三―一―一 〒141―8202
目黒セントラルスクエア

発行所 株式会社徳間書店

電話 編集〇三(五四〇三)四三四九
販売〇四八(四五一)五九六〇

振替 〇〇一四〇―〇―四四三九二

印刷
製本 図書印刷株式会社

ISBN978-4-19-894370-7 (乱丁、落丁本はお取りかえいたします)

徳間文庫の好評既刊

鳥羽　亮

新まろほし銀次捕物帳

書下し

両替商滝島屋《たきしまや》の主《あるじ》と手代《てだい》が下谷《したや》広小路で何者かに首を掻《か》き切られて殺された。凶器は匕首《あいくち》とみられた。池之端《いけのはた》の岡っ引き銀次《ぎんじ》には遺体の惨状に見覚えがあった。半年ほど前、浅草田原町《たわらまち》で殺された料理茶屋橘屋《たちばなや》の主の死に様と酷似していたのだ。そして、二つの事件の繋《つな》がりを探っていた佐久間町《さくまちょう》の岡っ引き平造《へいぞう》が斬殺された。銀次は下手人《げしゅにん》を追うが、やがて魔の手が襲い来る。書下し長篇時代剣戟。